アンティーク弁天堂の内緒話

仲町六絵

アンティーク弁天堂の内緒話

The secret stories of Benten Antique Shop

仲町六絵

本文イラスト／ねぎしきょうこ

第一話
白鳥の想いびと

透き通ったガラスの抹茶碗《まっちゃわん》は、氷がぶつかりあうような涼しい音を立てる。

藍色《あいいろ》の鳥が描かれた盃《さかずき》は、人々の楽しげな語らいをひそやかに響かせる。

深い緑色の徳利《とっくり》は、三味線《しゃみせん》の音色をとぎれとぎれにこぼす。

小学一年生の夏休み、祖母の住む茅ぶき屋根の離れに初めて入れてもらえた日。

紫乃《しの》は、先祖たちが集めたというさまざまな骨董品《こっとうひん》から、聞こえるはずのない音を聞いた。

「おばあちゃん。ここにある物、色んな音がするよ？」

「あら、そう。紫乃ちゃんにも、そういう力があるんだね」

祖母の和恵《かずえ》が、麦茶のグラスを手にしながら言った。薄い絽《ろ》の着物が総白髪《そうしらが》によく似合っている。

「そういう力って？」

紫乃も麦茶を飲んだ。

両親が京都の街中で買ってきた新しいグラスからは、音は聞こえてこない。

「古い物が抱えている、過去や心を知る力。『ふることぎき』と呼ばれる力」

「ふることぎき……ふることぎき」

祖母の言葉を、紫乃は繰り返してみた。古いことを聞く、という意味のようだ。

「紫乃ちゃんも私も、ふることときなんだよ」

棚に並ぶ古い器物を見つめている紫乃の頭をなでながら、和恵は言った。

「他の人は違うの？　ふることときじゃないの？」

おばあちゃんも自分と同じなら安心だ、と思いながら紫乃は尋ねた。

青磁《せいじ》の花瓶が、シャキンと花ばさみの音を鳴らす。生けられているのは薄紫の野菊。群れて咲く華麗な姿が友禅《ゆうぜん》にたとえられる、北山友禅菊《きたやまゆうぜんぎく》だ。

「たいていの人はふることときじゃないけれどね」

和恵は優雅な仕草で座り直し、紫乃の顔を見つめた。

「私が知っているふることときは、全部で四人。私のお祖母《ばあ》さん、私のお母さんとその弟、それに紫乃ちゃん」

会ったことのない親戚たちもそうだったと聞いて、紫乃はいっそう心強く思った。

「ふることときって、いでんなの？」

「そうかもしれない。しかし遺伝だなんて、まだ七つなのに難しいこと知ってるね。もう学校で習ったの？　それとも移動図書館？」

和恵は褒めながら、紫乃の長い黒髪をなでた。

「ネットで読んだの」

企業や官公庁が子ども向けに科学ニュースを発信していると紫乃が幼い口調で説明すると、和恵は「あら、まあ、まあ。さすが平成の子は違う」と、驚いたような声を出した。

「この山奥も、情報は入りやすくなってるんだねえ」

ほ、と息をついて、白髪の美しい頭をかすかに傾ける。

「この久多《くた》も一応、京都市なんだけどねえ。未だにとことん山里で、私が子どもの頃から本屋さんのあったためしがない。まあ、左京区はものすごく南北に長いからしょうがないんだけど」

大人たちがときどき苦笑と諦め混じりに披露する知識を、和恵も口にした。

京都市の面積は大阪市の四倍近くもあり、左京区は南北に長い。区役所の久多出張所に勤める父親の話では、左京区の南北両端の距離は三十四・九二キロだという。

最北端に位置する久多は、同じ左京区でも下鴨神社《しもがもじんじゃ》や京都大学のある市街地とは気候も言葉も違う。

位置的には北陸地方に近く、冬は雪かきが日常となる豪雪地帯《ごうせっちたい》だ。薄く雪化粧した金閣寺《きんかくじ》がニュースで話題になる頃、久多ではシャベルを持った住人たちが雪の塊《かたまり》と格闘している。

「おばあちゃんが子どもの頃も、学校はなかった？」

紫乃の質問に、和恵は同情するような表情で首を振った。

「昔はもうちょっと人口が多かったから、小学校と中学校はあったよ。今の久多の子たちは大変だね。遊びや勉強の時間が、通学に取られちゃって」

和恵はまた紫乃の髪をなでる。

久多に住む子どもは十人ほどなので、小中学校はない。公共交通も通っていないので、自治体が用意したバスで山を越え、隣の滋賀県大津市葛川《かつらがわ》の学校に通う。そちらもまた、山奥の過疎地だ。

「これ、どうして氷の音がするのかな」

紫乃は、棚からガラスの抹茶碗を手に取った。軽くても両手で大事に持っているのは、和恵がふだんから器をそう扱うからだ。

「夏に抹茶を点《た》てた時に、氷の欠片《かけら》を入れたんだよ。合わせたお菓子は、白っぽくて丸い。白あんの入った水まんじゅうかしらね」

時おり目を閉じながら、和恵は言った。

「おばあちゃん、昔のことが見えるの？　わたしは聞こえるだけなのに」

紫乃は、和恵の茶色い大きな目を見つめた。親戚から「紫乃ちゃんは、おばあちゃんそっくりの美人さんやな」と褒められたのを一瞬思い出す。

「ふることぎきの力にも、色々あるみたいだね。私のお母さんの弟……つまり叔父さんは、もっとはっきり色々な物が見えたり聞こえたりしたらしいよ」

「ふうん」

紫乃はガラスの抹茶碗を棚に戻した。

今度は黒くつやつやとした、蓋《ふた》付きの丸っこい器を手に取ってみる。

「これは何？」

「棗《なつめ》といってね、お茶席で抹茶を入れる道具。形が棗の実に似ているでしょう？」

「干し柿にも似てるよ。干す前の」

「そりゃそうだけど、棗の方が丸っこくて似てるからね」

「どうしてつやつや光ってるの？」

「漆《うるし》といって、漆の木から取れた汁を塗ってあるんだよ」

「値段が高そう」

紫乃の感想に、和恵はふふっと笑った。

「おばあちゃん。わたし、納得しちゃった」

大人ぶって、わざと「納得」と難しい言葉を使ってみる。

「へえ、何を納得したの？」

同じ言葉を使ってくれる祖母を、大好きだと紫乃は思う。

「おばあちゃんの離れに入っちゃだめなのは、高いお茶の道具があるからだって、お父さんとお母さんにずっと言われてたんだよ。本当にここにある物って、他と違う感じがする」

「その理由も嘘ではないんだけどね」

和恵は棗を紫乃の手から取って、蓋を開けた。途端に『先生、本日はよろしくお願いいたします』と女性の声が飛び出してきた。

「あんまり小さすぎるうちにこのふることぎきの力に気づいても、紫乃が困ってしまうと思ってね」

「分かる気がする」

「そうかい？」

「うん」

紫乃は力強くうなずいてみせた。

「昔話を本で読んだから分かるもん。わたしやおばあちゃんは『聞き耳ずきん』みたいな力を持ってて、そこだけが普通の人と違うってことだよね？」

「ああ、なるほど。かぶると動物の言葉が分かる、あれね。鯛《たい》を助けた若者が、竜宮《りゅうぐう》の乙姫様《おとひめさま》からもらったんだっけ」

和恵が棗の蓋を閉める。その時、棚の隅の一点が光を放った。まるで、太陽の破片のように。

「なあに？」

問いを発すると同時に、紫乃は立ち上がり小さく透明なガラス細工を指さしていた。

「それは……」

和恵が何か言いかけて黙る。

「分かった。ガラスの白鳥《はくちょう》でしょ。当たり？」

得意げに振り返ると、和恵はなぜか困ったような顔で笑っていた。

「ねえ、きれいだからちょうだい？」

紫乃は無邪気に両手を出して「ちょうだい」のジェスチャーをした。翼をたたんで水面《みなも》に憩っているような優雅な姿は、たまらなく魅力的だった。こんな素敵なものを、おばあちゃんがわたしにくれないわけがない――そんな紫乃の期待は、たちまち砕け散った。和恵が悲しそうに首を左右に振ったからだ。

「ごめんねえ、紫乃ちゃん。これだけはあげられないの」

「えーっ。なんでー？」

「ごめんね。宝物だから」

意外な祖母の答えを受けて、紫乃は考えた。宝物というのは、童話に出てくる大粒のダイヤの指輪みたいなものだろうか。なら、仕方ない。おばあちゃんは、わたしに意地悪がしたくて断っているわけではない。おばあちゃんは、相変わらずわたしのことがかわいい。ならいい、それならいい。

ちょっとだけ傷ついた自尊心を自分でなぐさめてから、紫乃は胸を張った。

「分かった。おばあちゃんの宝物だもんね」

「まあ、ありがとうねえ」

朗らかに言った和恵の顔は、もういつも通りだった。

「でも、いつか紫乃ちゃんにあげようね。ゆびきりげんまん」

差しだされた和恵の小指に、紫乃の小さくぷっくりした小指がからむ。

「ゆーびきーりげーんまん、うそついたらはりせんぼんのーます」

からめた小指を上下に振って歌い終わると、紫乃はもうすっかりガラスの白鳥を当分がまんする心の用意ができていた。だから、今度はすぐ手に入りそうで魅力的なものに関心が向いた。

「おばあちゃん。お菓子《かし》食べていい？」

紫乃は、棚の片隅に置いてあるクッキーの缶に目をやった。

「はいはい。少しだけね」

和恵は立ち上がってクッキーの缶を紫乃に手渡すと、大きなガラス窓を開けた。緑の葉の香りを含んだ、ほんのり涼しい風が入ってくる。

「ごらんよ、紫乃ちゃん。北山友禅菊が花盛りだ」

紫乃はクッキーの缶を抱えたまま、窓辺に近寄った。

「今年もきれいだね、おばあちゃん」

薄紫の織物を広げたような花畑が、山と山の間に揺れている。清楚な野菊が集まって、華やかな眺めを作り出していた。

「紫乃ちゃんの名前は、久多のきれいな北山友禅菊から取ったんだよ。紫乃ちゃんの紫は、北山友禅菊の紫」

歌うような口調で和恵が言い、紫乃は、今見ている紫の花の群れが心の奥底に降りてきたような、清らかな気持ちになった。

「高校に上がって久多を出ることになっても、忘れないでね」

「うん」

久多の子どもは中学を卒業したらたいてい家を出て、一人暮らしをする。公共交通がない上に原付で夜の山道を走るのは危険すぎるので、高校に通うにはそうするしかないのだった。

「おうちを出ても、夏休みには久多に帰ってくるからね。おばあちゃん」

「はいはい。食いしん坊さんには、おいしいものを用意して待っていようね」

薄紫の花々が風に揺れる。

どの花もまっすぐに、天に向かって伸びている。

からららん、と氷の音が響く。

ガラスの抹茶碗が、自分の活躍する季節を喜ぶかのように鳴っているのだった。

＊

娘たちのしなやかな手が、大皿に山盛りのロールパンに伸びる。

一番白いのは紫乃の手。一番日焼けしているのは、大学三回生の里沙《りさ》の手だ。

里沙はロールパンを半分にちぎってバターをたっぷり塗り、ぷりっとした唇を開けてかぶりつく。

向かいに座っている紫乃は、自分の取り皿に置いたロールパンを一口分だけちぎって口に運んだ。長い黒髪はサイドだけ後ろでアップにしているので、食事中邪魔になることはない。ただ、高校の制服には胸元にリボンが付いていて、動いているうちにいつの間にか曲がっていないか、時おり気にかかる。

「紫乃ちゃん、高校でもう部活決めはった？」

里沙に聞かれて、紫乃は「あっ」と小さな口を開けた。

「どないしたん」

「部活より、バイトしたいんです」

紫乃以外の四人の寮生たちと、紅茶を淹れていた寮母《りょうぼ》の静子《しずこ》が「ええっ」と声を上げる。

「飲食系なら高校一年生でも雇ってくれるみたいだから、探してるんです」

「紫乃ちゃんきれいやからウェイトレスとか似合いそうやけど、まだ早いんちゃう？」

里沙がスクランブルエッグをスプーンですくいながら言った。容姿を褒められたのが気恥ずかしくて、紫乃は「いえ、そんな、普通です」と視線を下げてしまう。

「里沙ちゃんの言う通りやで。高校に入ったばっかりで大変やろ」

紅茶をカップに注ぎ分けながら静子が言った。この「女子寮あおい」の経営者であり、朝晩の食事を作ってくれるまかないさんでもある。何でも、静子もその母親も京都出身で京都の大学を卒業しており、「京都に住む若者を応援したい」という理念のもと、先祖の遺産をつぎこんで私設の女子寮を作ったのだという。

「でも、下宿してる分、他の同級生より両親にお金使わせちゃってるから……あっ、ここの下宿代が高いっていう意味じゃないんです」

「いや、それは分かるから気ぃ遣わなくても大丈夫」

静子が苦笑し、他の四人の寮生たちがうなずいた。紅茶のカップがそれぞれに配られ、心地よい香りが広がる。

「勉強が一番大事やし、バイトは大学からでもええんちゃう」

里沙の言葉にみんなが「そやで」「受験もあるしね」などとうなずき、話題は来月行われる葵祭と、柏餅のおいしい店に移っていった。

せっかく下鴨神社近辺という便利な場所に下宿しているのだからアルバイトをしたい、と紫乃は思うのだが、母親の友人である静子や、すでに大学や会社に通っている他の寮生たちが反対するということは、やめておいた方が良いのかもしれない。

——でも、どこかの部活に入っても、京都の街中で育った子たちの中でうまくやっていけない気がする。

一緒に昼食を食べる友人はできたものの、他のクラスメイトに「久多ってどこ？」「高校生なのに下宿してるの？　バスで通えないの？」と聞かれるのは少し悲しい。

そういう認識の生徒が多い中で、部活動などという連帯感の要りそうな活動が自分にできるのだろうか。正直言って、心もとない。

「せや、紫乃ちゃん。預かってたこれやけど」

里沙がバッグから何かを取り出した。それは布に包まれた、透明なガラス細工であった。人差し指の先に載るほどの小さな白鳥だ。

「お祖母さんの遺品、どこで作られたのかうちのゼミでも分からへんかったわ。ごめんやで」

「いえ、いいんです。ありがとうございました」

紫乃はガラスの白鳥を受け取ると、紅茶のカップの脇に置いた。

本当は、ガラス細工の出自以外にも聞いてみたいことがある。

「このガラス細工見てて、何かおかしなところありませんでした？」

「なかったで？　どうかしたん、紫乃ちゃん」

紫乃は、やっぱりなあと思いながら笑顔を浮かべた。

「古い物だから、細かいヒビとか入ってなかったかなって」

「ううん、きれいなもんやで。大事にされてきたんやろなあ」

「良かった……」

嘘をついて申し訳ない、と思いつつ紫乃はガラスの白鳥に目を落とした。

優雅な曲線を描く白鳥の胴体に、白く小さな人影が腰掛けている。

——やっぱりこの小さい人、わたしにしか見えてない。普通の骨董品なら、音が聞こえるだけなんだけど……。何なんだろう？

途方に暮れながら、紫乃は紅茶を飲み干した。白く小さな人影から、「かずえさん」と声が聞こえる。

三年前にこのガラス細工を遺して亡くなった、紫乃の祖母の名前だ。

＊

石畳《いしだたみ》を敷いた小道が、澄んだ疏水《そすい》に沿って続いている。

紫乃は夕方の空を見上げた。連なる新緑の山並みが、すぐそばに迫っている。

ここは京都盆地の東の果て、東山山麓《ひがしやまさんろく》に沿って一・五キロほど続く哲学の道だ。

ソメイヨシノや大島桜、八重桜などが疏水に沿って植えられている桜の名所であり、道沿いには永観堂《えいかんどう》など紅葉の美しい寺院もある。

有名な観光地ではあるが、午後五時を過ぎた今は沿道の小物屋や喫茶店も閉まり、道行く人はほとんどいない。

白川通《しらかわどおり》という大通りの側にある高校の授業が終わった後、バスには乗らずこの哲学の道に立ち寄ってみたのは、寺や神社が多いと観光ガイドブックで読んだことがあるからだ。

紫乃はベンチに座り、バッグからガラス細工を出してみた。相変わらず小さな白い人影が、白鳥の背に腰掛けている。

――どこかでお祓いしてもらわなきゃ。大事なお祖母ちゃんの形見なんだから。

紫乃がこの白鳥を手に入れたのは、つい先月のことだ。転居にそなえて久多の実家で荷造りをしている時、母親が「これ、持っていって」と小箱を出してきた。

「お祖母ちゃんの形見のガラス細工。紫乃が久多を出る時にあげてって、遺言書に書いてくれてたよ」

母親にそう言われた時、紫乃は幼い日の祖母の言葉の意味を悟った。

いつか紫乃ちゃんにあげようね。その「いつか」とは、自身が命を終え、紫乃が久多を離れる時だ。

そう悟った紫乃は、箱は受け取ったものの蓋を開けられなかった。中を見てしまったら、久多を離れる心細さに加えて祖母の思い出まで胸にあふれて、きっと泣いてしまうと思ったからだ。

だから、箱に入れたまま下鴨の女子寮あおいに来た。

自分の部屋で箱を開けてみたのは、寮生たちとの顔合わせや高校の入学式が済んで身辺が落ち着いてからだ。

箱から出てきたガラスの白鳥を見て「かわいい」と思わずつぶやいたが、手に載せた途端に白い小人の姿が現れて危うく床に落としかけた。

おまけに、ガラス細工からは祖母の名を呼ぶ声が聞こえてくる。

この声は、ふることぎきの力がもたらしたものかもしれない。

しかし白い小人は、お化けとか妖精とかいうものではないか——と、紫乃は考えた。

世間一般ではいないことになっているけれど、ふることぎきの力は現に機能している。本当にお化けや妖精がいないと言い切れるだろうか？

紫乃はガラスの白鳥を持って、寮の二階にある談話室に向かった。大学で民俗学を学んでいる里沙がそこでよく本を読んでいるのを知っていたからだ。

「里沙さん、ちょっといいですか？」

「何、紫乃ちゃん？」

「この白鳥……」

里沙にも人影が見えるかも、と期待しつつ紫乃は白鳥を見せた。

「何これちっちゃい！　よくできてるやん！　軽いし、中は空洞なんやな」

感心する里沙に、人影は見えないようであった。

「これどこで買《こ》うたん？」

「祖母の形見なんです」

ここまで話しても、里沙の態度におかしなところは見られない。やはり、人影は見えていないのだ。

「大事なもんやねんな」

里沙の視線から、どうしてこれを見せに来たのかという疑問を紫乃は感じ取った。

まさか「小さい人が乗っています」とは言えず、紫乃は嘘をつくことにした。

「いつ頃どこで作られたものか、里沙さんなら分かるんじゃないかと思って。民俗学のゼミに入ってるって聞いたから……」

「あー、それで見せてくれたんや。ごめんやけど、分からへんわ」

「いえ、いいんですよー。いきなりすみません」

返してもらおうと紫乃が手を伸ばしかけた時、里沙はティッシュボックスから二、三枚引き抜いてガラスの白鳥を丁寧に包みこんだ。

「うちは分からへんけど、良かったらゼミの人らや教授に聞いてみるわ」

「あっ……ありがとうございます」

お願いしてしまおう、と紫乃は思った。ガラスの白鳥がどこで作られたのか分かれば、声の正体が判明するかもしれない。

しかし結果として、今朝になって返ってきたのは「不明」という答えであった。

――きっと、この小さな人はわたしにしか見えないんだ。お母さんも、見えてないからお守りとして持たせたんだろうし。

母親か父親に相談することも一度は考えたが、すぐに断念した。ふることぎきの力については、両親は知らない。そんな状態で娘が超自然的な現象を語りだしたら、きっと心配するからだ。

——お祖母ちゃんだって、わたしがふることときの力を受け入れられるように、離れに上げないようにしてたもの。わたしも、ちゃんと気配りできなきゃね。

制服の胸ポケットにガラスの白鳥を入れたまま、疏水べりを歩く。観光客向けの道しるべによると、寺や神社はもっと先、つまり南にあるらしい。

葉桜の作る木陰が涼しい。

まだ明るさが残る並木道を進んでいくと、疏水の対岸からうっすらと線香の匂いがただよってきた。足を止めて向こう岸を見ると、瓦屋根のお堂のそばに赤い提灯《ちょうちん》や旗《はた》が連なっている。

提灯や旗には、「幸せ地蔵尊《じぞうそん》」と記されている。

——お寺の名前って難しそうなのばかりだけど、ここはやさしい名前。

あたたかな空気をまとっているようなそのお堂に、紫乃は近づいてみた。

小さなお堂だというのに、隣には多くの絵馬《えま》が連なって壁状になっている。

紫乃は絵馬を一枚一枚手に取って、記されている願いを読んでみた。

家族がいつまでも健康でいられますように。

私も友だちも試験に合格しますように。

友人たちと一緒に元気で過ごせますように。


——自分だけじゃなくて、他の人の幸せも願ってる絵馬ばかり。

他人の絵馬をまじまじと見るのは初めてだった。意外なほど、自分以外の誰かの幸せを願っている人々が多い。

紫乃は胸ポケットからガラスの白鳥を出してみた。夕焼けの光を反射する白鳥の上に、性別も年齢も分からない白い人影が座っている。

——この人が幽霊だとしたら、何がこの人の願いなんだろう。

幸せ地蔵尊の絵馬を見ていたせいか、紫乃は初めてそこに思い至った。

——お祖母ちゃんの名前が聞こえてくるから、お墓に一度連れていってみる？　それともお仏壇に置いてみる？　それとも……。

うつむいて考えにふけっていると、白い足袋と鼻緒の赤い草履《ぞうり》が視界に入った。

色とりどりの手毬《てまり》を染め出した赤い着物、萌黄色《もえぎいろ》の帯。派手な和装だなと思いながら視線を上げていくと、あでやかな美しい顔が笑みを浮かべていた。

年の頃は二十二、三歳くらいだろうか。

長い黒髪をきれいに結い上げて、古風な鼈甲《べっこう》のかんざしをさしている。

夜空を珠《たま》にしたような、黒くくっきりとした瞳に紫乃は見とれた。

「素敵なガラス細工」

紫乃が何か言う前に、和装の美女は言った。

「わたくしにくださらない？」

美女の視線は、紫乃の手のひらの白鳥にそそがれている。

「あなたは……どちらさまですか？」

紫乃の問いに、美女は微笑みを深くした。

「弁財天《べんざいてん》」

「えっ？　弁財天って、七福神の？」

弁財天、またの名を弁天。

仏教の神であり、財産や技芸《ぎげい》の才能などを司ると言われる。

しかし目の前の女性がそんな存在だとは思えない。

「神様なわけないでしょう。からかわないでください」

「なるほど、信じられないのね。じゃあ、あなたがここに来た理由を当ててみましょうか」

「そんなこと、できるわけが……」

紫乃は途中で言葉を失った。自称弁財天が屈託《くったく》のない顔でこちらの手元を見ているではないか。

「あなた、幽霊が見えているんじゃない？」

驚いて、紫乃は視線をさまよわせる。相手は自信たっぷりな表情で、こちらも何か言い返さねばと思う。

「ど、どういう……ことですか」

「あなたの視線、そのガラスの白鳥よりもちょっとだけ上を見ているのですもの。見えているんでしょう。小さな白い人」

紫乃は、警戒心と安堵との板挟みになりつつうなずいた。何と言っても、初めて自分以外に見える人間が現れたのだ。

「誰か乗っているのね。その人ごともらいたいわ」

「祖母の遺品ですから、いけません」

ガラス細工を両手の中に握りこもうとする。しかし「かずえさん」という声に、紫乃は思わず動きを止めた。

「そのガラス細工は、お話をするのね」

「あなたにも聞こえるんですか」

――まさか、ふることとぎき？

弁財天と名乗る女性は、紅い唇をふっとゆるめた。

「あなた、その品を気味悪がっているんじゃなくて？」

面白がっているような問いに、紫乃は「少し」と答えた。

「それならばなおのこと、わたくしにくださらない？　厄介払いできていいんじゃないかしらね」

意地悪な人、と紫乃は思った。

祖母の遺品だから大事だ、だが気味が悪い、という相反する気持ちを知った上で、揺さぶりをかけようとしている。

「このままあなたに渡すのは無責任な気がします。他の人は何も気づいていないし、このガラス細工から聞こえるのは、わたしの祖母の名前なんです」

「ふうん。それであなた、白鳥に乗っているその人のために何かできて？」

弁財天は挑むような声音で言う。あやうく腹を立てそうになり、引きずられてはいけない、と思う。何かしてやれないかと考えることは、恥ではないはずだ。

「できるかどうか、分かりません。お祖母ちゃんのお墓か、お仏壇へ持っていこうとは思っているけど、それで正解かどうか……でも、何とかしてあげたいんです。お祖母ちゃんに関わる物だから」

「なるほどね」

弁財天は腕組みをした。

「ならば、わたくしの知っている店に行ってごらんなさいな。どうすれば良いか、店主が教えてくれるでしょうから」

「店主、ですか」

紫乃は目の前にたたずむ美女を見た。

この人物が弁財天だというのなら、その知り合いも七福神なのだろうか。

「毘沙門天《びしゃもんてん》とか、大黒天《だいこくてん》とかですか」

「ほほほほ。いいえ、違うけれど」

袖で口元を隠して、弁財天はころころと笑った。

「まだ若いのに、七福神の名前が言えるのね」

「お正月に実家で飾っていた掛け軸が、七福神の乗った宝船でしたから」

「なるほどねえ。ご実家はどちら？」

「久多です」

ああ、言っても分からないだろうか、と思ったが、弁財天は「わたくし、知っているよ」とうなずいた。

「京から北陸へ走る鯖街道《さばかいどう》を、途中で西にそれたあたり。琵琶湖から見れば、久多は山並みの向こうの町」

地図を見ているかのようにすらすらと、弁財天は言った。

「町って言うほど、人も家も多くないです」

「昔は町だったの。さあ、閉店する前に、店へ行って」

弁財天は、南の方向を指さした。

「この疏水に沿ってずっと歩いていったら、石灯籠《いしどうろう》に挟まれた道が左手に現れる。大《おお》豊神社《とよじんじゃ》の参道よ。看板が出ているからすぐ分かる」

「大豊神社……？」

「狛犬の代わりに、狛ねずみが社殿を守っている神社。でもそこまでは行かずに、途中で参道を左に折れて、両側に草木の生えた細道を進むこと」

相手の言葉を忘れないように、紫乃は無言でこくこくとうなずいた。

「疏水よりももっと細い水路の脇を歩いていくと、道がうねってくる。すぐに、三角屋根の大きな洋風の家が見えてくる……象牙色《ぞうげいろ》の外壁の角が、枯れ木色のレンガで縁取ってある。細長い四角の窓がいくつも並んでいる店だから、すぐ分かるでしょう」

「何のお店ですか？」

弁財天が指さした方向の、揺れる葉桜の列を眺めながら紫乃は聞いた。

「骨董の店。名前はアンティーク弁天堂《べんてんどう》」

声がなぜか誇らしげだ。

「同じ名前なんですね、あなたと……」

振り返った紫乃は、誰もいない空間に目を見張った。

お堂や絵馬の陰を覗いてみたが、幸せ地蔵尊の周囲には自分しかいない。

——まさか今の人も、幽霊？

紫乃は首をぶんぶんと振った。

ガラスの白鳥に乗る人影ならばまだ、幽霊として受け止められる。しかしあんなに姿のはっきりした、言葉の交わせる存在が幽霊だったらかえって恐ろしい。制服の襟の後ろ側から、ひやりとした空気が忍びこむ。春でも夕方は寒い。

——帰っちゃおうかな。

そんな考えが頭をよぎったが、ガラス細工と小人をこのままにしておくわけにもいかない。

夕焼けの赤が濃くなりはじめた。

紫乃は、ゆっくりと南へ歩を進めていった。

その洋館は、新緑の木立に囲まれていた。

象牙色の外壁の角の部分が、枯れ木色のレンガで縁取られている。木製の玄関ドアにはステンドグラスが嵌《は》めこまれていて、洒落《しゃれ》た雰囲気だ。二階には異様に細長い長方形の窓が規則正しく並んでいる。

壁から突き出た黒く細い金属の竿から、看板がぶら下がっている。唐草文様《からくさもんよう》に縁取られた黒い円形の板に記されているのは、「antique 弁天堂」という店名だ。

——こんな風に奥まったところに、お店があるなんて。

敷石を踏んで、スミレのつつましく咲く庭を歩く。

ドアに取り付けられたノッカーを鳴らすと、「いらっしゃいませ」と落ち着いた男性の声が聞こえた。

「おじゃまします……」

ドアを開けると、大きなテーブルの上に間隔を取って並べられた食器や花瓶が目に入った。

葡萄《ぶどう》が彫刻されたワイングラス。

黒豆の甘煮のようなつやを持つ、どっしりした意匠の花瓶。

敷かれたレースの布には、繊細な装飾がほどこされた銀のフォークやスプーンが並んでいる。

このテーブルは食事のためではなく、商品を陳列するためにあるのだろう。

壁際に目を向ければ、深い鼈甲色の光沢を帯びた木製の棚が並んでいる。飾られているのはくすんだ桜色の萩焼《はぎやき》の抹茶碗や、緑や黄の細かな花模様で彩られた九谷焼《くたにやき》の皿など、日本の器物だ。

別の棚には陶器製の人形が集められている。古代中国の人々を思わせる服装で、腕を上げて奇妙なポーズを取っている人形もある。

世界の広さや歴史の長さを凝縮したような空間に立ち尽くしていた紫乃は、壁に掛かっている大きな鏡に目をとめた。

結った髪と鼈甲のかんざし、手毬が躍る赤い着物。萌黄色の帯。

左右対称な顔とくっきりした黒い目。

あの弁財天が、鏡に映っている。

しかし鏡の脇に立ってこちらを振り返っているのは、一人の青年だ。

白いシャツと灰色のベストが、広くしっかりした肩を包んでいる。

鏡の脇に添えた手は、意外に白くしなやかだ。黒いスラックスに包まれた腰は細く、脚は背丈の半分を占めそうなほど長い。

こちらを見ている顔は、弁財天によく似ていた。夜空を珠にしたような黒い瞳、通った鼻筋、弁財天よりもやや薄い唇。

鏡の中で弁財天がにこりと笑い、よく似た顔の青年は淡々とした表情で紫乃を見た。

「話は、今この人から聞いた。弁財天から」

落ち着いた声で青年は言う。

「お祖母さまの形見に人が乗っているって？」

どんな手品だろう、と思いつつ紫乃はうなずいた。

鏡の中から弁財天が青年に目配せをする。

「ああ、後はお任せを」

青年がそう言った途端、弁財天の姿は薄れて消えてしまった。

「あ、あの人は？」

紫乃が声を上げると、青年はのんびりと微笑んだ。

「話をつないだから帰っていったよ。琵琶湖の竹生島《ちくぶしま》に」

「竹生島？」

「琵琶湖に浮かぶ竹生島。そこの都久夫須麻《つくぶすま》神社《じんじゃ》で弁財天を祀っているんだが、聞いたことはないか」

「あります、けど」

青年がこちらに歩いてくる。低くゆったりした声に似合わず、その顔は若い。弁財天と同じくらいの二十二、三歳に見える。

「その制服は、洛友高校《らくゆうこうこう》の生徒さん？」

「は、はい、一年三組、谷崎《たにざき》紫乃です」

学年や組や氏名まで言う必要があったろうか――と紫乃は恥ずかしくなったが、青年は笑顔を返してきた。

「名前は、どういう漢字を書くのかな」

もっと詳しく言う必要があったのか、と紫乃は若干面食らう。

「紫という字に乃木坂《のぎざか》の乃です」

「そうか。久多の北山友禅菊のような、いい名前だ」

「わたしが久多から来たって、あの人から聞いたんですか」

「そう。弁財天からね」

青年はベストの胸ポケットから銀色の名刺ケースを取り出した。

差し出された名刺を、慌てて両手で受け取る。名刺をもらうのは初めてだった。

銀色の波を四隅に配置した名刺には、黒く簡潔な書体が並んでいる。

アンティーク弁天堂　三代目店主
影近洸介

「名前は『かげちかこうすけ』と読む」

紫乃の疑問を読み取ったかのように、洸介は言った。

「店長さんの名前、琵琶湖みたいですね」

名刺と端整な顔を見比べながら紫乃が言うと、洸介は「影近でいい。琵琶湖みたいとは、どういうことかな？」と首をかしげた。

「さんずいに光で、何だか水に光が反射して広がってるみたいな。山の作る影が、すぐそばにあるみたいな」

奔放な連想であったが、意外にも洸介は嬉しそうに目を輝かせた。

「琵琶湖を見たことは？」

「あります。中学校……大津市の中学校に通っていた時の、遠足で」

洸介が軽く眉尻を下げ、分からない、という表情をした。

「久多は人口が少ないから、専用のバスで山を越えて、大津市の葛川っていう集落の小中学校に入れてもらうんです」

「それは、さびしいな」

「え」

大変だね、時間がかかるね……と言われたことはあるが、さびしい、と言われたのは初めてだ。

「休みの日に大津の友だちに会いたくても、会えなかっただろう。放課後にみんなで遊ぶ暇もなかっただろうし」

言い当てられて、「はい」と答える。

感謝の念が湧くのを紫乃は感じた。

この青年は、想像してくれたのだ。

紫乃がどんな境遇にあり、どんな思いをしたのか。

「さびしかったけれど、遠足で琵琶湖を見たあの時は、全部が帳消しになったような気がしました。広い琵琶湖いっぱいに青い空が映って、さざなみがどこまでも広がっていって。その光景を、みんなで見ていたんです。久多の子も、大津の子も」

「そうか。琵琶湖を褒められると嬉しいぞ」

歌い出しそうな口調で、洸介は言葉を継ぐ。

「ぼくの父は、名を近江《おうみ》というんだ」

思わず紫乃の口から笑いがこぼれる。

「ふふっ、お父さんも」

「そう。琵琶湖そのものだ」

近江。それは琵琶湖の古い名前でもあり、琵琶湖を擁する滋賀県の古名でもある。

「うちは父の代から、水に関わりのある名前を子どもにつけている」

洸介は鏡のそばの椅子に腰掛けた。

かたわらには、脚に浮彫をほどこした円卓がある。

「君も掛けるといい」

促されて、紫乃は向かいの椅子に座った。

円卓の上を見ると、浅く水を張った白い皿が置かれている。

「弁財天に話を聞いて、すぐ用意した。ガラス細工を渡してくれるか」

紫乃はしばしためらった後、小人が乗ったガラスの白鳥を渡した。

洸介はそれを手のひらに載せ、「ふうん」とつぶやく。

「『かずえさん』と聞こえるのは、贈り主が過去に発した声だろうな」

「え」

紫乃は体を乗り出した。

「あなたも？」

「ああ。ぼくも弁財天も、ふることときと呼ばれる力を持っている。たぶん、君よりも強い力を」

洸介は、ガラス細工を照明にかざした。

「なるほど。まずガラスの筒を作ってから、熱で加工して内部が中空の白鳥を作ったのか。いい腕だ。工房の設備や職人の言葉からして、明治末頃の東京だな」

まるで、ガラスの白鳥が作られた情景を見ているかのようだ。

呆然としている紫乃の視線に気づいて、洸介がこちらを見る。

「これはこうやって飾るものだ」

洸介はガラス細工を皿の上に持っていき、水面すれすれで放した。

ガラスの白鳥は白い人影を乗せたまま、浅い水に浮いている。

「中が空洞だから水に浮く。水草と一緒に飾る園芸用品で、浮き玉というのがあるだろう。あれみたいなものだ」

そんな物もあったかも、と思っていると、白鳥の上で白い人影が揺れた。のっぺらぼうだった顔面に黒々とした口が開いて、「ああ」と言葉を発する。

「この部屋には、送り火が、ないな」

祖母の名前を呼んでいたのと、同じ声であった。

「影近さん、この人……」

「本来の使い方をしたから、霧の中にあった心が元に戻ってきたんだ。自分の言葉を取り戻してきたともいう」

異変が起きているというのに、紫乃はおかしな点に感心していた。

洸介の声は、いつでも低く落ち着いている。聞く者を柔らかな空気で包み、ふわりと広がっていくような声だ。

「お祖母さまの遺品ということだが、亡くなったのはいつだ？」

「三年前の、八月。お盆の迎え火を焚いた後です」

洸介は二、三度うなずいた。

「君の実家では、お盆はいつもどんなことをしていた？」

「ええと、そんなに変わったことはしてなかったはずです。きゅうりに割り箸を刺した馬を飾って庭で迎え火を焚いて、お盆の終わりには茄子で作った牛を飾って送り火を焚いて」

きゅうりは、亡くなった人の魂が帰ってくるように足の速い「馬」。

茄子は、ゆっくりあの世へ帰るように足の遅い「牛」。伝統的な盆のしつらえだ。

「他に何か変わったことはなかったか。君の実家というよりも、お祖母さまが独自にやっていたようなことは」

尋ねられて、紫乃は久多で過ごしてきた夏を思い返した。

「そういえば小さい頃、お盆にお祖母ちゃんの部屋に入ろうとしたら、『ちょっと待っていてね』と言われました」

「へえ。他に何か気づいたことは？」

夜が凝《こご》ったような瞳が紫乃を捉える。

見とれている場合ではない、と自分に言い聞かせつつ紫乃は答える。

「お祖母ちゃんの机に、ガラスの水差しとお皿がありました。それと、お祖母ちゃんはお盆の最中に一人でピアノを弾いて、まるで誰かに聞かせているみたいでした」

熱帯夜にほろほろと響く、哀しげな曲を思い出す。

「お祖母ちゃん、普段は昼に弾いてたのに、お盆の時だけは夜に弾いていたんです。まるでそういう決まりがあるみたいに」

白鳥に座る人影が揺れる。皿の外へ霧のように漂い出したかと思うと、薄く広がっていく。霧はみるみるうちに着物姿の青年の形を取り、円卓の脇に立った。

「和恵さんの、お孫さんか？」

やや甲高い声で、着物姿の青年は言った。

「そ、そうですけど。あなたは」

「金井《かない》だ。金井という名前を、和恵さんから聞かなかったか……」

すがるような口調で尋ねられたが、まったく覚えがない。

紫乃が首を振ると、金井と名乗る青年はがくりとうなだれた。

「そうか。幸せな結婚をしたのだろうな。おれの話などするはずがない」

「え、ええと」

置いてきぼりにされたような気がして、紫乃は金井の顔を覗きこんだ。洸介はというと、面白そうにこちらの様子を見守っている。

「おれはね、和恵さんと結婚するはずだった郵便配達夫だよ。寒い日の配達途中、胸が苦しくなって倒れて……それで死んじまったみたいだけどね」

なんと声をかければ良いか分からず、紫乃もうなだれかけた。すると、それまで黙っていた洸介が「そう落ちこむな」と笑顔で言った。

「和恵さんは、君のために盆の行事をしていたのだろう。そのガラスの白鳥で」

「ああ……。東京の親戚の所へ行った時、骨董屋で買ったんだ。きれいだったから」

水に浮かぶ小さなガラスの白鳥を、金井は振り返った。

「そう。おれが死んだ次の夏、当時まだ娘だった和恵さんは迎え火を焚いてガラスの白鳥を水に浮かべて、待っていてくれたんだ。おれがやってくると思って。それから毎年、久多の自分の家に迎えてくれた。茅ぶき屋根の家に」

「だろうと思った。水差しを部屋に持ちこんでいたと、さっきこの子に聞いたからな」

洸介が、褒め称えるような眼差しをこちらに送ってきた。

なぜか紫乃は頬が熱くなった。

「帰る時も、毎年ガラスの白鳥を水に浮かべてもらったんだな」

「そうだ。送り火を焚いて。でも……」

紫乃は目を閉じた。

両親が祖母の亡骸《なきがら》を見つけた時の小さな悲鳴が、耳によみがえる。

「お祖母ちゃんはお盆の最中、送り火を焚く前に急性心不全で亡くなったから……」

紫乃の言葉に、金井は「うん」と悲しそうに応えた。

「おれは、帰れなくなってしまった。ガラスの白鳥に乗って、箱に入れられたままだったんだ……」

洸介が小さくため息をつく。

「もう自力であちらへ行かないとな。三年も経っている」

金井は反省したような顔で、頭をかいた。

「和恵さんの厚意に甘えてしもうた。娘時代から死ぬ直前まで、何十年も」

「和恵さんなりの供養だったのだろう。結ばれなかった相手への」

洸介の声を聞きながら、紫乃は足元が頼りないような気持ちになった。

もし金井が祖母と結ばれていれば、今ここにいる自分は存在しないのだ。

「何十年も乗っていたなら、変われるだろう」

謎めいた言葉を発して、洸介は長い両腕を金井の肩に伸ばす。

再び金井の体は霧と化し、洸介の手の間でくるくると渦巻いた。

その渦が白く固まり、ついには一羽の大きな白鳥の姿になる。

「え、か、金井さん……？」

紫乃が恐る恐る呼ぶと、白鳥はクウと返事をするように鳴いた。

「これまで色々見たというのに、今頃何を驚いているんだ、紫乃」

不思議そうに洸介は言った。

「しょ、初対面なのに名前で呼ぶんですか。しかも呼び捨てで」

「谷崎さんと呼ぶと、文豪谷崎潤一郎《たにざきじゅんいちろう》みたいだ。白髪のおじいさんを想像してしまうじゃないか」

「全国の谷崎さんをファーストネームで呼ぶ気ですかっ？」

「今のところ君しか知らないから問題ない」

白鳥を抱えたまま、洸介はすたすたと玄関へ歩いていく。

――この人、かっこいいけどものすごく変人なんじゃ……それどころか、人間じゃないみたいな……。

何にどう突っこめば良いのか分からないまま、紫乃は洸介の後を追って外に出た。疏水べりにはもう夕闇が迫っている。

洸介は、抱えた白鳥に語りかける。

「この流れに乗って北に向かえば、琵琶湖に着く。少々遠いが、竹生島はぼくの祖母の根城だ。彼女があの世への通路を開けてくれるだろう」

あの世、という言葉に紫乃は今更ながら怯えをいだいた。

「あなたのお祖母さんって、何者なんですか」

洸介は、人懐っこい笑みを浮かべた。

「幸せ地蔵尊で君が出会った……さっきこの店の鏡にも映っていた、弁財天だよ。彼女はあの地蔵堂で、幸せを祈りに来る人を見るのが好きなんだ」

「嘘。お祖母さんなんて年齢じゃなかったでしょう」

「外見はね。あの人はぼくの祖母で、竹生島に祀られている弁財天なんだ」

あまりに荒唐無稽《こうとうむけい》な話に、紫乃は無言で洸介の秀麗な顔を見上げた。

「ぼくのお祖父《じい》さんは、竹生島弁財天にあやかって『アンティーク弁天堂』を疏水のそばに建てた。琵琶湖とつながる水路だからね」

白鳥を抱え直しながら、洸介は言葉を継ぐ。

「そうしたら、琵琶湖からはるばる疏水の様子を偵察に来た祖母が、祖父を見初めてしまった。竹生島の女神が、人間の男をね」

紫乃は、白鳥を抱えた洸介をじっと見つめた。

「じゃああなたは、四分の一、神様……？」

「そういう計算もできる」

はぐらかすような答えに困惑していると、たそがれの小道を誰かが歩いてきた。薄水色の着物に身を包んだ、小柄な少女だ。

「久しぶり」

洸介は、優しく少女に呼びかけた。

「お久しゅうございます、洸介どの」

時代がかった挨拶をして、少女が白鳥に向かって手を伸ばす。

「弁財天から聞いているかな。この人はもう自分が何者か思い出したから、きっと行くべきところへ行ける」

白鳥は少女に抱かれ、洸介の方へ首を伸ばして楽しげにクウクウと鳴いた。

「今はお盆じゃないが、よろしく頼むよ」

「かしこまりました」

少女は洸介に一礼すると、疏水に向かって身を躍らせた。

「危ないっ」

紫乃が叫んだ時、落ちてゆく少女の姿は一匹の鯉に変わった。

ぽちゃん、と水しぶきが上がる。

翼を広げた白鳥が、水面に舞い降りる。

「あの鯉は弁財天の眷属《けんぞく》だ。彼を竹生島へ、弁財天のお膝元へ連れていってくれる。そこからあの世へは一息だ」

鯉が白鳥を導いて、薄暗い疏水を泳いでいく。初めはゆっくりと、次第に速く。

見守る洸介の整った横顔は、満足げな笑みをたたえている。

「紫乃。君がここへ来てくれたのがきっかけで、彼は帰ることができるんだ」

白鳥を目で追ったまま洸介が言い、紫乃は「はい」と素直に応えた。

まったく恩に着せるそぶりのないこの青年に、何か礼がしたい、と思う。紫乃と呼び捨てにされるのは、やはり困るけれど。

「あの、影近さん」

「うん？」

洸介がこちらを向くだけでなく長身を折って顔を近づけてきたので、紫乃は長い髪が大きく揺れるほど後ずさりした。

——び、びっくりした。

驚きに加えて恥ずかしさがこみあげる。それらを振り払うかのように、紫乃は大きな声で言う。

「何か、お礼をさせてください！」

「君が？　何に？」

まるで心当たりがないかのように洸介は聞き返す。

「わたし、祖母の形見から声が聞こえて、どうしたらいいか分からなかったんです。ふることときの力があったから、耐えられると思おうとしてたけど……一人で抱え続けるなんて、きっとできなかった」

弱みを吐き出した紫乃を、洸介は清水のように混じりけのない瞳で見つめている。

この人なら大丈夫だ、という確信が湧いてくる。

「弁財天さまとあなたに出会ったおかげで、わたしは、難問から解放されたんです」

洸介が声を出さずに笑う。

「難問から解放、か。歳のわりに難しい言葉を使う子だ」

紫乃は一瞬、幼い日の自分を思い出した。「納得」という当時の自分には難しい言葉を使い、それを復唱してくれる祖母が大好きだと思ったことを。

「お礼と言ってもなあ。将来就職してから、うちの商品を買ってもらうとか……」

くっきりとした、夜空を珠にしたような瞳が紫乃を見ている。

洸介の背後に広がる闇に、将来の自分の姿が映っているような気がした。

今よりも背が伸びて、少しばかりの化粧もしていて、山裾の広く清らかな水辺をのびのびと歩いている。それはいつか話に聞いた、琵琶湖の北岸の景色に似ていた。

夜風が吹いて幻像が消え、葉桜がさざなみのような音を立てる。

「……そんなに長い間、覚えていてくれるか？」

眉尻を下げた洸介の顔は意外なほど幼げで、紫乃は胸の奥がくすぐったくなる。

「きっと覚えています。でもすぐにお礼がしたいんです」

「高校生からお金をもらうわけにはいかないな」

困り顔で言う洸介に、紫乃は首を左右に振る。

「この弁天堂で、働かせていただきたいんです。高校の放課後と、休日に」

「えっ？」

「両親に寮での生活費を出してもらっているので、アルバイトを探しているんです。お礼の分だけ、無給で働きます。どうか、お願いします」

洸介が黙っていることに不安を覚えながら、紫乃は頭を下げる。やはり、高校に入ったばかりの自分に骨董屋の業務は難しいのだろうか。

「……分かった」

洸介が真剣な顔でうなずき、次の瞬間晴れやかな笑顔になる。

「君を雇おう。もちろん無給期間などなしで」

「あ、ありがとうございます！　黙っているから、もしかしてご迷惑だったのかと」

「いや、時給は出町柳《でまちやなぎ》駅前の喫茶店と同じにしよう、と思っていただけだ」

は、と紫乃は息を吐く。美青年の沈黙は心臓に悪い気がする。

「良かった……ありがとうございます。アルバイトは初めてですけど、ふることときの力を役立てられるなら、嬉しいです」

「君を雇うと言った理由は、それだけではないよ」

説き伏せるかのように、洸介はゆっくりと言った。

「見ての通りぼくはまだ若い。たった一人で接客していると、一見《いちげん》の客になめられやすくてね」

「苦労なさってるんですね」

思わず同情すると、洸介は笑みを深くした。

「古いガラス細工を扱う君の丁寧な手つきは素晴らしい。それに、弁財天も君を気に入っている」

「あ、あの人がですか？　気に入られるようなこと、特にしてないですけど」

「お祖母さまの形見を簡単には渡さなかったのが面白いそうだ」

「わりと普通だと思います、それ」

クックッと喉を鳴らして、洸介は笑った。こんな時も、声は低く柔らかい。

「そうでもないさ。まさかアルバイトを申し出てくれるとは思わなかったが、ぼくとしては君に来てもらえると助かる」

自分が、頼りにされている。

高校に入ったばかりの、他の寮生に比べて未熟なはずの自分が。

胸元のリボンを直し、洸介を見上げる。

「ふつつかものですが、よろしくお願いします」

かしこまった口調で言いながら、紫乃はおじぎをした。洸介はまた、喉を鳴らして笑う。

「こちらこそ、よろしく」

夜空を吸いこんだような瞳に、柔らかな光が宿っていた。

第一話・了

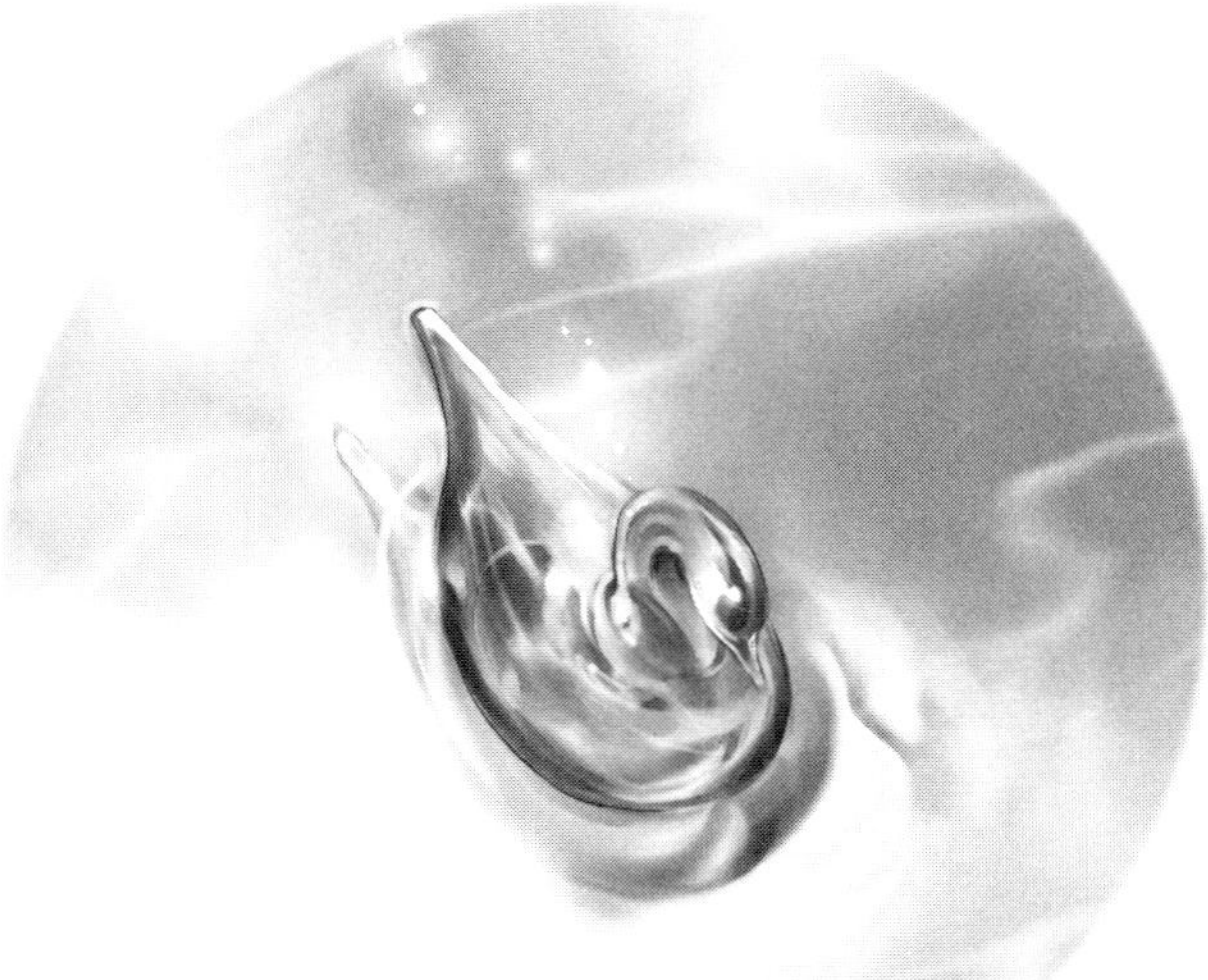

第二話

茶箱のこころ

石橋の欄干《らんかん》に、白い毛のふさふさした恰幅《かっぷく》の良い猫がうつむき加減で座っていた。橋の下を流れる琵琶湖疏水には、新緑の葉桜が映っている。

哲学の道の途中に位置する、大豊神社前の橋である。紫乃《しの》が学校帰りにアンティーク弁天堂に通う時の通り道でもある。

——猫さん、あんな所にいたら落ちそう。

紫乃は通学バッグを小脇に抱え、忍び足で石橋に近づいていく。まぶたの重たげな様子からすると、かなり年老いた猫のようだ。捕まえて、地面に下ろしてやらねば危ない。

「今年も来よったのう」

白猫が水面に向かって、甲高い声で話しかけた。愛想の良い老婆のような声音であった。

疏水の透明な流れの中には、銀色に光る魚が群れをなしている。流れる水に逆らうように、石橋の方に頭を向け、尾びれを左右に揺らしていた。

——この猫さん、喋った、よね？

紫乃が動けずにいると、魚の群れから「おうよ」と声が響いた。

「春の琵琶湖は浮かれた釣り客でやかましい。京へ避難してこられる龍神様の、我らは露払いよ」

——何これ？　何これ？

その場で固まっている紫乃に、白猫が気がついた。

「おお、久多の子か。弁財天のお気に入りの」

「えっ」

まるで旧知の相手であるかのように、白猫は前足を上げて紫乃を招く。さながら招き猫だ。

「この娘を見よ。あの弁天堂で、三日前から働いておる」

白猫が紹介すると、銀色の魚たちは水面から顔を出して口をぱくぱくと開けた。

「まだ若いのう」

「小さかった弁天堂の若君《わかぎみ》も、人を使うようになられたか」

「めでたい」

魚たちが口々に言った。

「のう、めでたかろう。ところで久多の子よ、これから手伝いか？」

「はい、もうすぐ」

反射的に腕時計を見る。そろそろ行かねばならない。

「足止めしてすまんかったの。若君をよろしく頼む」

「あっ、はい。でもこちらがお世話になってるばっかりです。空いた時間にお茶や器のことを教えていただいたりして」

「よう覚えておくれ」

細いひげを跳ね上げて、白猫は笑った。

「あれも少しは頼もしゅうなった。うんと小さい頃など、照れると下を向く癖があったものだが」

——えーっ、影近《かげちか》さんが？

「おのれの生まれが特別なのを知ったからであろうが、慎重で内気な幼子であったよ。ほんの一時期な」

驚きと、なごやかに語る笑顔に気を取られて、紫乃は相手の正体を聞きそびれてしまった。

——でも、影近さんのこと昔から見守ってるなら、いい猫さんだよね。

弁財天と洸介《こうすけ》に出会い、祖母の昔の恋人の魂を送り出したことで、怪異に関しては肝が据わってきた気がする。

「行ってきます、猫さん」

「おお、行っておいで」

猫に見送られて石橋を渡り、草木に囲まれた細道に入る。つつじの白い花が、弁天堂へいざなうように奥へと続いていた。


ステンドグラスの嵌まった玄関ドアを開けると、「弁天堂の若君」こと影近洸介は帳場の木製カウンターで本を読んでいた。

「今日は少し遅いな、紫乃」

夜空を思わせる黒い瞳がこちらを見る。

「すみません」

制服の上からいつものエプロンを着けながら謝る。洸介は困ったように微笑んだ。

「いや、怒っているわけではなくて、何かあったのかと」

紫乃は猫と魚たちの会話を思い出し、この人はまだ雇い主という立場に慣れていないのだ、と思った。

「橋のところで、白猫さんと魚の群れが話していたんですよ」

「白猫？」

先ほどのできごとを話すと、洸介は何でもないことのように「ふうん、そうか」と言った。

「誰も彼も、子ども扱いだな。もうすぐ二十四だというのに」

「誰も彼もって、何者なんですか」

「哲学の道に住む猫神《ねこがみ》と、琵琶湖に住む龍神の家来たちだ」

紫乃は、神社で祠《ほこら》に祀られている猫と、琵琶湖を泳ぐ龍を想像した。

「どうした、黙りこんで」

「わたしの知っている世界と違います」

「じゃあこれから更新してくれ、世界観を」

「どこの世界に、世界の見方を更新しろって要求する雇い主がいるんですか」

「ここにいるじゃないか」

洸介は立ち上がり、窓辺へ歩いた。

「熊野《くまの》若王子《にゃくおうじ》神社のそばに、廃業した庭付きの喫茶店がある」

「あっ、見かけたことあります」

若王子神社といえば、哲学の道の南端に建つ神社だ。ツタの絡んだ喫茶店の建物や看板、樹の茂った庭を見た覚えがある。

「あそこは何年も前から、野良猫のたまり場になっているんだ。猫神はあそこを守っている」

「猫を守る、猫の神様ですか」

「そんなに古い神じゃあないよ。琵琶湖に住む龍神に比べれば」

「……どれくらい昔からおられるんですか、龍神様って」

「ぼくのお祖母さま、つまり竹生島弁財天が琵琶湖にやってくるよりも前らしい」

窓の外で、緑の枝がさわさわと揺れている。

小鳥が枝から枝へ飛び交うありふれた光景が、初めて見るもののように思える。

「変わってきたような気がします。世界観」

「だろう？」

「そういえば、初めてこのお店に入った時以来、弁財天さまに会ってないんですけど……どこに行かれたんですか？」

「今は竹生島かな」

なぜか店の壁に目をやりながら、洸介は言った。

「お祖母さまの本拠はあくまで琵琶湖北部に浮かぶ竹生島だからな。時々あちらに帰ったり、このあたりの疏水のように琵琶湖とつながった場所を巡回している」

「パトロールみたいにですか？」

「似てるかもしれない」

洸介は帳場を離れると、先ほど見つめていたあたり——壁にかかった鏡へと歩いていった。紫乃が初めてこの店に来た時、弁財天が映っていた縦長の鏡だ。

「お祖母さま」

鏡面に額を近づけて洸介が弁財天を呼ぶ。紫乃の耳に返答は聞こえなかったが、洸介が不服そうに口をつぐんだので、反応はあったようだ。

「分かりました。我が祖母にして技芸と愛と福徳の女神、弁財天さま」

洸介は呼びかけ方を変えた。もっと格好の良い呼び方をなさい、とでも言われたのだろうか。今度は、洸介は微笑を浮かべてうなずいた。

「弁財天さまの千里眼《せんりがん》を貸してくださいませんか。紫乃に琵琶湖の周りを見せてあげたい。そう、竹生島も」

　──千里眼って、離れた場所も見ることができる力だっけ。本当にあるなんて思いもしなかったけど。

　千里眼を借りるとはどういう状態だろう、と思っていると、洸介が一瞬だけ紫乃に目配せした。鏡を見ろとでも言うように。

「昔むかし、近江国の伊吹山《いぶきやま》の神と、浅井山《あざいやま》の女神が背の高さ比べをした」

　洸介が語り出すと同時に、鏡の上半分が青く、下半分が緑に変わる。青空と、さざ波の立つ水面だ。その中央に一つの島が、逆光で黒く見える。

　──これが、千里眼を借りるということ？

　鏡に映っているのはおそらく、弁財天が見ているいつもの琵琶湖の風景なのだろう。

　ささやき声で、洸介の語りは続く。

「ある夜の間に、浅井山が突然高くなった。朝になって浅井山の女神に見下ろされていることに気づいた伊吹山の神は、怒って浅井山の頂上を切り落とした……それが琵琶湖の北部に落ちて、竹生島となった」

「本当ですか？」

半分は疑いながらも、紫乃は聞いた。世間ではおとぎ話と一笑に付される内容だが、弁財天が人の世に紛れているのだから、実はありえるのではないか。

「お祖母さまに言わせれば、一部だけ真実が交じっている」

「どんな部分ですか？」

「竹生島はもともと、浅井姫命《あざいひめのみこと》という女神の領地の一部だった、という点だ。西の大陸から弁財天……つまりお祖母さまが渡ってきた時、浅井姫は竹生島を譲ってくださったらしい。千年以上前の話だそうだ」

祖母の思い出話が、千年以上前の女神との交誼《こうぎ》。絶句している紫乃に、洸介はいわくありげな笑みを向ける。

「ぼくは、正真正銘、二十三歳だからな？」

「分かってます。びっくりしただけです」

「ならいいんだ。いつか浅井姫にご挨拶に行こうな」

「えっ、わたしが？　普通の人間が、どうしてご挨拶に」

「ぼくが雇った従業員だからさ」

取引先に社員を紹介する社長のような調子で、洸介は断言した。

「浅井姫にはお目にかかったことがある。小学校に入るまでは、お祖母さまに連れられてよく琵琶湖周辺を遊び回ったからな」

鏡に映った竹生島がぼやけて、一幅《いっぷく》の日本画が現れる。赤と金を基調とするゆったりした衣をまとい、結い上げた髪を金のかんざしで飾った、優美な女性の立ち姿だ。枇杷《びわ》の実を描いた四弦《しげん》の琵琶を抱え、撥《ばち》を手にしている。

「竹生島に保存されている弁財天の絵姿だ。お祖母さまの話では、室町時代にお気に入りの絵師に描かせたらしい。実物よりふくよかに描かれたと言って、お祖母さまはいまだに拗ねている。良い絵だと思うんだが」

確かに、美しい絵だ。紫乃が首を縦に振っていると、また鏡に映った像が揺らいだ。

新雪のようなしぶきを上げる、透き通った清流だ。鴨川や哲学の道の疏水が淀んで見えるほど、清く速い流れである。岸辺には薄紫の北山友禅菊が咲き、流れの奥には細い滝と青い淵が見える。

「ここはもしかして久多ですか？　北山友禅菊が咲いてますけど……」

「そう、久多を流れる久多川だ。この川は安曇川《あどがわ》と合流し、琵琶湖に流れこむ」

洸介はきっぱりと言ったが、紫乃はまだ腑に落ちないでいる。

「昔、父が川釣りに連れていってくれましたけど、こういう滝は見たことがないです」

「うん。久多の集落があるあたりよりもずっと上流なんだ。三国岳《みくにだけ》の近く」

紫乃は久多付近の地図を思い浮かべ、あれ、と思う。久多川は三国岳方面を源流とするが、そのあたりに集落はない。

「お祖母さまに連れていってもらった淵だ。筏乗り《いかだの》を守る志古淵《しこぶち》の神に会いに行った」

「志古淵さま？　会ったんですか？」

青い淵を映す鏡に、紫乃は引き寄せられるように近づいた。今にも水の流れ落ちる音が聞こえてきそうだ。

「やっぱり知ってるか、紫乃」

「父の働いてる役場のそばに志古淵神社があるんです。安曇川や久多川で筏乗りを守ってきた神様だって、お祖母ちゃんや両親から聞きました」

紫乃は、答えをねだるような気持ちで洸介を見上げた。実在すると教えられた今、志古淵という名がいっそう尊く思われる。

「どんな方ですか？　志古淵さま」

「一見、がっしりした人間の男のようだ。材木を筏にして下流へ運んでいた昔の筏乗りのようにたくましい……と、お祖母さまが言っていた。筏乗りがいなくなって暇だから、自分で舟に乗って河童《かっぱ》と競争をしている」

「河童も……？」

久多川に、実在しているというのか。

「淵ではもちろん河童が勝つが、急流ではいい勝負だった。お祖母さまと一緒に見物したり、淵で河童に泳ぎを教えてもらった」

懐かしそうに洸介は、鏡に映る北山友禅菊をなでた。

「影近さん、久多に来ていたんですね……」

「小学校に上がる前だから、君が生まれる前だけどな」

そう言われると、洸介との歳の違いをあらためて実感してしまう。今年二十四歳の洸介と、十六歳になる自分。なぜか心細い気持ちになって、紫乃は話題を変える。

「河童に教わったなら、影近さん学校で水泳の成績良かったんじゃないですか？」

洸介は、紫乃から目をそらした。

「いや、普通だ。学校ではいまいち実力を発揮できなかった」

「どうしてですか？」

「古《こ》式泳法《しきえいほう》だったんだ。河童が教えてくれたのは」

無念そうに洸介は、長い腕の一方を後ろへ高く振り上げてみせる。

「たとえばこういう大抜手《おおぬきて》という泳ぎ方や、巻足《まきあし》という立ち泳ぎだな。学校でうっかりやると怪しまれるから、必死で普通のクロールや背泳ぎや平泳ぎをしていた」

「た……大変ですね」

学校で苦労をしている洸介をうまく想像できないまま、紫乃はいたわりの言葉をかけた。洸介はその顔を見て、やっと嬉しそうな表情になる。

「高校生になってから、東京には古式泳法を習う学校もあると知って悔しかったよ。その学校ならおれが一番になれたのにって」

ふふっ、と笑ってから、紫乃は気恥ずかしくなる。洸介が初めて「おれ」という一人称を使ったからだ。

——高校の頃は、自分のこと「おれ」って言ってたのかな。不思議な感じ。

「気のいい河童だったよ。志古淵の神ともうまくやっていた」

音を立てない清流が、鏡の中でぼやけはじめた。

洸介は鏡に再び額を近づけて「ありがとうございました。紫乃に久多川の源流を見せられましたよ」と話しかける。何か応答があったのか、洸介は笑顔で鏡から顔を離した。

「紫乃にもう一つ、珍しい物を見せてあげよう。連休前で暇だから」

洸介が持ってきたのは、手のひらに載るほどの筒状の容器だった。

全体は黒いが、木でできているらしい。太い胡桃《くるみ》色の線が縦にひとすじ入っている。

内部は、大人の中指が二本入る程度だろうか。

「何ですか？　これ」

「まあ、座って」

促されるままに、紫乃は円卓の前の椅子に座った。洸介がかたわらに立つ。

「何に使う道具か分かるかな？」

「うーん……」

洸介が持つ謎の木工品《もっこうひん》を凝視して、想像の翼をはばたかせてみる。

「中にガラスの試験管かペットボトルの蓋を入れて、一輪挿しにする？」

「水が入れられるように『落とし』を入れるわけか。そういう使い方も面白いが、この筒の本来の用途は茶筅《ちゃせん》入れだ。茶筅筒という」

「茶筅って、抹茶を点てるのに使う、竹でできた泡立て器みたいなのですよね」

「泡立て器……」

洸介がうつむいて肩を揺らしだした。笑っているのだ。

「何ですか、影近さん」

紫乃がむっとした顔で言うと、洸介は笑顔で顔を上げた。

「うん、抹茶専用の竹製泡立て器。実際英語でそう言うから、すごいと思った。bamboo matcha whiskだ」

洸介は茶筅筒を手に説明を始めた。

「外で抹茶を点てる時など、茶道具一式を茶箱《ちゃばこ》に組んで運ぶ場合に茶筅筒を使うんだ。茶筅のように繊細な竹細工をそのまま茶箱に加えたら曲がってしまうから」

茶箱とはこの場合、茶道具一式を収めた箱を指すらしい。いわばポータブル・ティーセットだ。

「黒と胡桃色に分かれているけど、二種類の木を使ってるんですか？」

「一種類だよ。これは黒柿」

真っ黒な柿の実が枝に鈴生《すずな》りになっているのを想像して、おいしくなさそう、と紫乃は思った。

「聞いたことがないか？　樹齢数百年にもなる柿の古木の中には、こんな風に黒い部分が現れるものがあるんだ」

「あっ、そっちの黒だったんですね」

「何かおかしかったか？」

「黒柿っていう、黒い実が生る種類があるのかと思ってました」

「おいしくなさそうだな」

二人で目を合わせて微笑んだ後、洸介は真面目な顔になった。

「紫乃。ぼくを影近さんと呼ぶのはやめてくれないか」

「分かりました」

紫乃は、ぴしりと背筋を伸ばす。最初に「影近でいい」と言ったものの、やはりそれではいけないと考え直したのだろう。

「これからは、ちゃんと店長ってお呼びしますね」

「違う。洸介さんと呼んでほしい」

「ええっ？」

それは『影近さん』以上に馴れ馴れしい。

「何でですか？」

洸介の黒い瞳が、憂いをにじませる。

「考えてもみてくれ。ぼくが『紫乃』と名前で呼び、君が『影近さん』と苗字で呼ぶ。まるで、ぼくが一方的に君に親しみを抱いているみたいじゃないか」

——変な人……。

抑えようもなく湧き上がってくる感想を胸に秘め、紫乃は反論を試みる。

「だってもともと、影近さんが」

「洸介さんが」

「こ、洸介さんがわたしを名前で呼びはじめたんじゃないですか。苗字の『谷崎』だと文豪の谷崎潤一郎を思い出すからって」

「うん、ここは譲れないな」

これ以上の反論を許さないかのように、洸介は黒柿の茶筅筒を差しだしてきた。

紫乃は反論を諦めた。

茶筅筒を手に載せ、音に耳を澄ませる。

草むらが風に波立つ音や、馬のいななきが聞こえてくる。

「どこか、広々とした場所にあった樹ですね……」

「うん。草のなびく音や、馬のいななきが聞こえるな」

——同じ音を聞いてる。

胸が高鳴る。

そんな相手は、今まで祖母の和恵しかいなかった。三年前に和恵が亡くなってからは、ただの一人も。

「手に触れてもいいか」

「えっ、な、なんですか」

——手に触れてもいいかって、影近さんがわたしの手に触っていいかってこと？

動揺のせいで、浮かぶ言葉が同語反復的になる。

——わたし、さっきドキドキしたけど、影近さんを好きってわけじゃないと思う。

同じ音を聞いていると思ったから、嬉しくてそうなっただけで。

第一、洸介さんと呼ぶ件についてもまだ納得していないのだ。

答えに窮していると、洸介は紫乃の手の甲に指を近づけてきた。

「触れると何が見えると思う？」

「草と、馬……？」

「それだけじゃないんだな、これが」

洸介の白く長い指が、紫乃の手の甲に触れた。温かい。

見たことのない光景がひらめく。

テレビ画面の一部に別のチャンネルが表示された状態とも違う、不思議な浮かび方だ。

風になびく草原。

小屋につながれた馬。

そして、よく晴れた日の縁側。

茶色い虎猫が前足でころころ転がして遊んでいるのは、今持っている黒柿の茶筅筒ではないか。

《これ、これ。なんちゅう悪さをしよるんや》

飼い主らしき初老の男性が虎猫を抱き上げ、こたつのある部屋へ連れていく。

虎猫はニャアニャアと鳴きながらも、こたつ布団に下ろされるとおとなしく丸くなった。

「な？」

洸介が指をそっと離す。

「ぼくの力を一時的に紫乃に分けた。以前の持ち主と猫が見えただろう」

「はい。なんだか面白い……。洸介さん、こんな面白い光景をいつも見てたんですか」

洸介は微笑んだが、すぐに表情を引き締めた。

「時には、醜い光景が見える場合もある。古い器物には色々な歴史が秘められているから」

「あっ、すみません」

「たとえば鎧や、使った痕跡のある刀では、今のような真似はしない。醜い光景を高校生にまで見せては酷だからな」

どんな光景だろう、と紫乃は思う。

たとえば、戦国時代の本物の戦や死体……と思いついて、勢い良く首を縦に振る。

「な、見たくないだろう？　さて今度は、茶箱の組み方を見せてあげよう」

洸介は棚へ歩いていき、編み目の大きな竹の編みカゴを持ってきた。

「外へ持っていく場合でなくても、茶箱は楽しめる。組み合わせや全体のまとまりを愛でるものだから」

編みカゴを円卓に置き、中に茶筅筒を立てる。「茶箱を組む時は、立てた茶筅筒が収まるかどうかを最初に見るといい。たいてい、一番高さがあるのは茶筅筒だから」

「はい」

他には何があるんだろう、と思っていると、洸介はまた棚へ行き、丸盆の上にいくつか器物を載せて戻ってきた。

「茶筅筒が入ったら、次は抹茶碗。茶箱に入れるなら小さめがいい」

高台から上に向かって開いていく、すり鉢形の抹茶碗を洸介は持ってきていた。表面には白木のような淡い色の釉薬《ゆうやく》がかかっている。高台のあたりで釉薬が粒状にでこぼこしていて、紫乃は愛嬌めいたものを感じた。

「こういう茶碗を井戸茶碗と呼ぶ。細かい点まで言えばきりがないから、朝顔のように開いていて高台が竹の節みたいに短くまっすぐで、高台付近に梅花皮《かいらぎ》と呼ばれる粒々がある……と覚えておいてくれ。梅の花の皮、と書いてカイラギと読む」

「朝顔、竹、梅ですね」

「そう。茶人たちは無地の茶碗に植物たちの姿を幻視したわけだ」

編みカゴに井戸茶碗が収められる。茶碗の直径は、編みカゴの短い辺よりもやや小さい。

「うん、ちょうどいいサイズだ」

「どうして井戸って呼ぶんですか？」

「由来ははっきりしていない。ぼくとしては、洒落《しゃれ》から付けられた名前だと思っている」

「洒落って？」

「井戸茶碗は、最も格の高い茶碗だとされているんだ。言ってみれば、奥が深い」

「井戸のように奥が深いから、井戸茶碗？」

「そう」

紫乃はつい噴きだした。洸介が「ん？」と見下ろしてくる。

「おかしいかな。悪くない推理だと思うんだが」

「全然、悪くなんてないです。由来って、もっと硬くて難しい話が出てくると思っていたから」

「あるものを別の存在になぞらえる『見立て』は、茶の湯に限らず日本文化にとって重要な要素なんだぞ。さっき君が言った、茶筅筒を一輪挿しにするというのも『見立て』だ。面白い」

「あ、ありがとうございます。間違いを言ったと思ったのに……」

言葉をどう続ければいいか分からなくなり、紫乃は沈黙する。

その間にも、洸介はすいすいと茶箱を組んでいく。

「これは、抹茶を入れる漆塗の茶器だ。棗の実に形が似ているから棗と呼ぶ」

祖母の部屋にあった品とよく似た、黒くつやのある容器を洸介は示した。表面には金色の草花が描かれている。

「こっちの黄色い布は、刈安《かりやす》という草で染めた絹。茶道具というわけではないが、棗と井戸茶碗の間にクッションとして入れておこう」

棗を黄色い布で軽く包んで、井戸茶碗の中に収める。湯の沸く音や茶を点てる音が聞こえるのは、ふることときの力だ。

「茶碗を拭き清める小さな麻布《まふ》を、茶巾《ちゃきん》という。それを収めるのが茶巾筒だ。茶席に出たことは？」

「いえ。でも、祖母に点ててもらったことは何度かあります」

「じゃあ話が早い。今回は、高さのある染付の盃を茶巾筒に見立てる。染付というのは、呉須《ごす》という青い染料で色付けをした器のこと」

洸介の言う通り、白く背の高い盃には青い染料で水辺に舞う鳥たちが描かれている。

「次に、金平糖などを入れる菓子入れ。今回は、フランス製の磨りガラスのボンボン入れを菓子入れに見立てる。白くて不透明なところが霧に似ているから」

ふいに、ボンボン入れを手渡される。

「もう一回」

という一言の後、洸介はまた紫乃の手の甲に触れてきた。

——二回も？　二回も？

洸介の指先から、視線を引きはがすことができない。目をそらしている間に指先が動いたらどうしよう、という不安が湧き起こる。

「ボンボン入れを見て」

紫乃は、言われるままに丸みを帯びた磨りガラスを見た。霧のような色合いだった容器に、色とりどりの光が点《とも》った――いや、赤や黄や緑のボンボンが、所狭しと詰まっている。

かと思うと、ボンボンは包装紙に包まれたキャンディに変わった。その次は、五色のマーブルチョコレートに。フランス語とおぼしきささやきが、容器から響いてくる。

「以前の持ち主は、気軽な使い方をしていたようだな。マーブルチョコレートを入れるくらいだから」

洸介が手の甲から指を離すと、菓子の映像も消えた。

少しだけさびしい、と紫乃は思う。手の甲にあったぬくもりが消えたからか、それとも、目を楽しませてくれる幻影が消えたからか。

「茶筅筒が黒いおかげで、全体が引き締まるな」

磨りガラスのボンボン入れは、茶筅筒と茶巾筒の隣に収められた。

「少し隙間があるから、菓子皿を入れよう」

洸介は、赤漆が塗られた木製の小皿を二枚重ねて隙間に入れた。

「最後が茶杓《ちゃしゃく》。棗から抹茶をすくって茶碗に入れる道具」

二十センチ近くある竹製の茶杓を斜めにして、井戸茶碗の上に載せる。

「ここに、新品の茶筅と茶巾を持ってきて組み合わせれば茶箱の完成だ。この茶箱のテーマは『森』」

「森……」

紫乃は、組み上がった茶箱を見つめた。

白木を思わせる釉薬の、井戸茶碗。

刈安という草で染めた黄色い布。

金色の草花が描かれた棗。

茶巾筒は、水辺で鳥が遊ぶ盃。

白い濃密な霧を思わせる、磨りガラスの菓子入れ。

木でできた菓子皿。

竹でできた茶杓と編みカゴ。そして、黒柿の茶筅筒。

「ほんとだ。森、ですね。森の茶箱！」

振り返って紫乃が言うと、洸介は嬉しそうな笑顔を見せた。

「写真を撮っておくといい。近いうちに、君も茶箱が組めるように」

「できるようになるんでしょうか」

「できるできる」

気楽に洸介が言うのにほっとしながら、『森の茶箱』をスマートフォンで撮る。真上から見下ろすと、一つの世界を俯瞰しているかのようだ。

「撮り終わったら、道具を元に戻してみて。間違っていたら指摘するから」

「はいっ」

緊張しながら茶筅筒やボンボン入れを棚に戻していく。

最後の編みカゴまで何も言われず片付けを終えた時、紫乃はそっとため息をついた。

コンコン、と玄関のノッカーが鳴る。

「どうぞ」

洸介が明朗な声で応えた。

「買い取りをお願いしたいんやけど」

ドアを開けて入ってきたのは、五十過ぎと思われる男性だった。こざっぱりとしたストライプのシャツは少々皺《しわ》が寄っていて、書類鞄《しょるいかばん》と紙袋を持っている。仕事の帰りに寄ったのだろうか。

「どのようなものでしょうか？」

洸介が尋ねると、男性は紙袋を持ち上げてみせた。

「茶碗や。清水焼《きよみずやき》の」

「お預かりします」

申し出た紫乃に紙袋を渡す時、男性はわずかに逡巡したようだった。

「その制服、洛友高校の子か？」

「ええ、最近アルバイトとして雇ったんですよ。小さい頃からお祖母さまの茶道具を見ていたそうなので」

洸介がかわりに答えた。

——茶道具を見たって言っても、詳しい説明までしてもらってたわけじゃないです。

戸惑いをこめて洸介を見たが、当の本人はにこにこしている。

「高校生が、古美術店でバイト。ふーん」

値踏みするような視線に居心地の悪さを感じつつ、紫乃は洸介に紙袋を渡した。

洸介は丁重な手つきで紙袋を円卓に置くと、中から四角い風呂敷包みを出した。

「どうぞ、お掛けになってください」

洸介に勧められて、男性は向かいに座った。円卓を挟んで向かい合う店主と客は、親子ほども歳が離れている。

紫乃は、買い取り客用の質問用紙とペンをボードに挟んで男性に差しだした。

「たいへんお手数をお掛けしますが、こちらにお名前や連絡先のご記入をお願いいたします」

「はいよ」

「買い取り成立の場合は、身分証のご提示をお願いいたします」

「はいよ」

男性はすらすらと用紙に「須藤友彦《すどうともひこ》」と記入した。

洸介は風呂敷包みを解いて、出てきた桐箱を見ている。箱の蓋部分には、筆で何事かが書いてある。

——影近さん、箱書きを見てるんだ。

箱書きについては、初日に洸介から説明を受けている。中に入っている茶道具の由緒などが書いてあり、非常に重要視されるらしい。もっとも、「箱書きについて学ぶのはずっと先でいい。まずは現物を扱うことに慣れるように」と洸介に言われているので、紫乃は詳しい部分については知らない。

「こちらのお茶碗ですが、どうして売ろうとお思いになったのですか？」

「なんや、そんなことまで必要なんか？」

「昭和の初め頃の品でそう古くはありませんが、絵筆の運びがとてもいい。なぜ手放されるのかと思いまして」

風呂敷に置かれている抹茶碗を、紫乃はそっと見た。

黄土色の釉薬に、白や金色の桜の花と、焦げ茶色の枝が描かれている。井戸のようなすり鉢形ではなく、ずん胴でどっしりした、一般的な碗形の抹茶碗である。

さびしい、という女性の声を紫乃は聞いた。桜の抹茶碗が発している声だ。

紫乃の視線に洸介は、分かっている、とでも言うようにかすかにうなずいた。

「いやまあ、新しいもん買おうと思ってたしな……」

須藤は視線を泳がせる。

新しい品が好みなら、そもそもなぜ古い抹茶碗を使っていたのだろう、と紫乃は思う。洸介の表情も、納得いっていない様子だ。

「須藤さんのお気が進まなければもちろん結構ですが、この品について気がかりな点があれば、どうぞ何でもお話しください」

柔らかな口調で洸介が言うと、須藤の肩から力が抜けていくのが分かった。

「この店では、普通でない……付喪神《つくもがみ》みたいになった品も見てくれるゆう噂を聞いたんやけど」

「ええ。付喪神とは、言い得て妙ですね」

洸介が微笑む。

「紫乃。付喪神、分かりますか？」

——お客様の前でも、かたくなにファーストネーム呼び捨てなんですね……。

恥ずかしくてちょっと泣きたい、と思いながら紫乃は答える。

「古くなって、人間みたいに心を持ったり、動いたりするようになった器物ですよね。付喪神絵巻っていうのを祖母の持っていた本で見たし、わたしも、そういう現象はあると思います」

須藤が意外そうにこちらを見た。

「この店では、そういった品についてもご相談に乗りますよ」

意を決したように、須藤は身を乗り出した。

「店長さん。実は、話し声らしきもんが聞こえるんです。この抹茶碗を使っている時」

「さびしい、と言ってますか？　女性の声で」

洸介の言葉を受けて、須藤の口がだんだんと開いていく。

「ああ、そう、そうですわ。店長さんも、聞こえてはりますか……」

膝頭に両手をついて、大きくため息をつきながら須藤は上体を折り曲げる。悩んでいたのだろう。

「若い頃に買って以来、三十年ほど経ちますねんけど、この頃さびしいと声が聞こえる上に、桜の数が減ってるんですわ。内側にも花が咲いていたのに、たった一つになってもうて」

洸介が、あらためて抹茶碗を見つめる。茶碗の内側に咲く花は一輪だけだ。

「言われてみれば、内側にも外側にも、もう少し咲いていてもいいような感じがしますね」

「どっちも勘違いやと自分に言い聞かせて、何日か前に家でこれ使うて茶を点てたんですけど」

「ちょうど季節ですね」

のんきな口調で洸介が合いの手を入れる。

「お恥ずかしい話ですが、この抹茶碗につられるみたいに、『さびしい』と口走ってしもうたんです。気味が悪うて」

洸介は静かな表情で須藤を見ている。動揺しなくてよい、と保証するかのように。

「ご家族は、この桜の抹茶碗を使っておられますか？」

「嫁はんはそこそこ気に入ってて、家に友だち呼ぶ時も使うてるわ。大学生の息子はまだ骨董に興味ないいな」

須藤はいったんうつむき、苦い表情で顔を上げた。

「娘の智香子《ちかこ》は、小さい頃からこの抹茶碗を使うてくれてました。最初は麦茶や白湯、小学校に上がったら抹茶」

「好きになってくれたんですね」

「はい、桜がきれいや言うて。せやけど、中学二年生の時に……」

「どうされたんです？」

「お父さんと同じお茶碗は嫌や、と……」

がっくりと須藤は肩を落とす。

「今思うと、娘は反抗期やった。自分らしさを固めようという時期やったんやと思います。せやけどわしは意固地になってしもて、『ほんならもうこの抹茶碗は使わせたらんわ、お母さんに自分の買ってもらい』と。それっきり、反抗期が終わっても娘はこの抹茶碗を使うてまへん」

「結婚もしてないぼくには何とも言えませんが……お嬢さんは、今は？」

「今年大学を卒業して、就職しました。大阪で一人暮らししてますわ」

――わたしと同じだ。

紫乃は須藤の娘に親近感を覚えた。

そして、大学を出るまで家族一緒にいられていいな、という羨望も。

「茶碗自身の持つさびしい気持ちが、須藤さんの心と共鳴してしまったのでしょう。だから桜の数が減り、須藤さんには茶碗の発する言葉が聞こえ、須藤さん自身も『さびしい』と言ってしまった」

「この茶碗が、さびしいと思うてるんですか」

「弁天堂では、箱書きにあるような品物の肩書きだけでなく、どう愛されてきたかを見ます」

洸介が立ち上がり、棚へ歩いていく。

「抹茶碗として使っているのに『さびしい』という声が聞こえてくるならば……」

持ってきたのは、先ほどの編みカゴだった。桜の抹茶碗を取り上げて中に入れると、内側に一つ、白い桜が花開いた。

「増えよった。いや、元に戻ってきよった」

須藤はすでに立ち上がり、編みカゴと茶碗を覗きこんでいる。

「どういうことや、こりゃ」

「この白い桜の抹茶碗は、茶箱の中に組みこまれていたことがある。それと比べれば、今の状況はさびしいでしょうね。使ってくれていた三人のうちの一人、智香子さんは使ってくれなくなった上、家を出て独立してしまったし」

「うちでは茶箱を組んだことがないけど、なんで店長さん、そんなん分かるんです？」

須藤の疑問に、洸介は落ち着いた微笑で応えた。

「紫乃」

「はいっ？」

水を向けられて驚く。

「この編みカゴと桜の抹茶碗を使って、茶箱を組んでごらん。どれでもいいから、店の商品を使って」

あまりのことに、紫乃は失神しそうになる。いつかできたらいいな、と思っていた仕事を、いきなり客の目の前でするとは。

「そういう難しそうなことは、店長がした方が絶対いいですよ。当然わたしより目利きなんだから、お客さんのためにも」

必死の訴えに、洸介は笑顔で首を振る。

「女らしい声の茶碗だからね。女の子の手で茶箱の一員にしてあげる方がいい」

「でも」

「君にもできる、とさっき言ったじゃないか。ぼくの言葉と自分を信じなさい」

言い返す言葉が見つからないまま、紫乃は編みカゴの中の抹茶碗を見下ろした。同時に、洸介の組んだ『森の茶箱』を思い出す。淡い色の井戸茶碗を中心とし、どちらかといえば地味な道具たちと合わせた、森の風景を思わせる茶箱。

「……この茶碗は華やかな桜の絵付けがしてあるから、同じくらい華やかな物も合わせないと浮いてしまいますよね」

「分かってるじゃないか」

洸介の励ましに、気が楽になる。

三日前から見ている弁天堂の商品たちが、脳裏に次々と浮かぶ。

「店長のセレクトも、生かしていいですか？」

「もちろん。行っておいで」

優しい声に送りだされて、棚に向かう。

洸介が使った刈安染めの黄色い布の隣に、茜で染めた夕焼け色の絹があった。

別の棚に目を向ければ、洸介の選んだ金の草花を描いた棗がある。しかし紫乃は、黒漆に赤い小鳥が遊んでいる棗を選んだ。

――ここで鳥がついてる品を選んだから、茶巾筒も影近さんセレクトとは別のがいい。

洸介は、鳥を描いた背の高い盃を選んだ。棗も鳥、茶巾筒も鳥でかぶってしまうので同じ物を使うわけにはいかないが、参考にできる点がある。酒杯を茶巾筒に見立てることだ。

紫乃は、リキュールグラスの並ぶ棚を見た。無色透明でカッティングの美しい品もあれば、赤色が鮮やかな薩摩《さつま》切子《きりこ》もある。

その中に、手作りの味わいを持つ厚手のグラスがある。桃色、白、レモン色の細い波模様が華やかだ。

――これを茶巾筒にすれば、桜の抹茶碗の華やかさに負けない。

あとは、洸介の『森の茶箱』と同じだ。磨りガラスの菓子入れ、赤漆を塗った二枚の菓子皿、竹の茶杓、黒柿の茶筅筒。

洸介に見守られ、須藤の不安げな視線を受けながら、紫乃は茶箱を組んでいく。

「できました。『春の茶箱』です」

「いいね」

洸介が眉を上げ、楽しそうな表情をした。

「須藤さんに説明してくれるかな」

「はいっ」

紫乃は、細い指を茶箱の中の抹茶碗に添えた。さびしい、という声はもう聞こえない。

「まず、桜の抹茶碗と茜色の布、赤漆の菓子皿、パステルカラーの波模様が入ったグラスで花の季節を表現しています」

「グラスを茶巾筒に見立てているわけだね」

洸介が言うと、須藤が「おお」と感心した風に言った。

「そして、磨りガラスの菓子入れで、春霞を。全体を引き締めるために、黒柿の茶筅筒を加えました」

「おお、な、なかなか大したもんやないか？　びびったわ」

須藤があまりに驚いているのでいたたまれなくなり、紫乃はエプロンのポケットからスマートフォンを出した。

「実は、須藤さんがいらっしゃる直前に、茶箱の組み方を店長から教わっていたところなんです。テーマは『森の茶箱』で」

撮った写真を二人に見せる。

洸介は「正直者だなあ」と呆れたような顔で言いつつも、紫乃を止めない。

「『森』の方は、別の井戸茶碗が中心になってるわけやな。いや、高校生やから言うて、軽う見てて悪かったわ」

椅子から立ち上がりかねない勢いで、須藤がこちらに身を乗り出してきた。

「いえ、そんな……」

「なかなかできる学生さんでしょう？」

洸介が立ち上がった。

「桜の抹茶碗の様子を見てみましょう」

そう言って、茶杓と棗、布を取り除き、桜の抹茶碗を卓上に置いた。

白い桜が雲のように広がり、金の桜が点々と咲き、豪華絢爛な眺めになっている。

内側に咲く桜も、たった一輪だったのがいくつか増えていた。

「桜、さっきより増えてますよね？　店長」

「ああ」

紫乃は上体を折って、目線を茶碗の側面と同じ高さに持っていった。手で触れるのは恐れ多い、という気持ちになっている。

「そうや。元に戻ってるわ。ほんまは、これくらいようけ咲いとったんや……」

須藤も、触るのをためらうかのように腰を折って桜の抹茶碗を見据えている。

「そやけど、何十年も普通に使うてたのに、なんで急におかしなったんやろ。桜が減ったり、さびしいて言いだしたり」

「須藤さん」

穏やかに洸介が呼びかける。

「異変が起きたのは、智香子さんが家を出て独立されてからではありませんか？」

「ああ、同じ頃や。今年の三月の末」

「娘が出ていってさびしい、という須藤さんの気持ちに、茶碗のさびしさが共鳴したのでしょう」

須藤の顔が朱に染まる。

「娘がおらんようになったら、そらさびしいですわ」

開き直った風に言う須藤に、洸介は「おっしゃる通りだと思います」と静かに返した。

「次は、須藤さんのさびしさをどうにかする段階かもしれませんね」

洸介は桜の抹茶碗を両手で包みこむように持つと、編みカゴに戻した。そして先ほどと同様に、茜色の布をはさんで棗を入れる。最後に茶杓を斜めに載せて、元通りの

『春の茶箱』にする。

「こちらの桜の抹茶碗、茶箱に組みこみやすい意匠でもありますので、ぜひ買い取らせていただきましょう」

普段よりもゆっくりと洸介が言う。

「いや。やはり売れません」

決然とした口調で言った須藤は、申し訳なさそうな顔で洸介を見た。

「物は相談ですけど、この『春の茶箱』を私に売ってもらえまへんやろか。つまり、桜の抹茶碗を持って帰るだけやのうて、今学生さんが合わせてくれた他の道具を買わせていただきたいんですわ」

「喜んで！　ありがとうございます」

晴れ晴れと笑む洸介に続いて、紫乃も「ありがとうございます」と頭を下げる。

「娘に、智香子にこの茶箱を贈ってやりたいんですわ。使いたければ桜の抹茶碗を使ってもええんや、いうメッセージにもなりますし、わしみたいなおっさんと違《ちご》て若い娘さんが選んだもんなら、センスの面で安心ですんで」

「いえ、そんな……」

わたしの選んだ物で娘さんが喜ぶかどうか分かりません、と言いたいのだが、うまく言葉が出ない。

「お気持ち、よく分かりました。すべて須藤さんにお売りします。しかし、事前に娘さんにお手紙を送る方がいいと思いますよ。あの時は悪かった、桜の抹茶碗を贈るから、使いたければ使ってくれ、という風に」

須藤が「えっ」と戸惑った顔をして、洸介が「そのくらいしてあげた方がいいです」と助言する。

「子どもといえども、別の人間ですからね。言葉ではっきり謝罪し、意図を伝えることをおすすめします」

「学生さんも、そう思わはる？」

頼りなげな須藤の視線を受けて、紫乃は「はい」と即答した。親子といえども、たぶん言葉は重要だと思う。

「……分かった。物を贈る前に、手紙やな」

「若造の提案を受け入れていただいて、恐縮です」

慇懃《いんぎん》に頭を下げた洸介は、「ちょっとお耳を」と言って須藤の耳に口を近づけた。

「……結構なお値段やなあ」

口調こそおどけているものの、須藤の顔は真剣そのものだった。

「いや、かまへん。わしも一人の娘の親父や。出させてもらいますわ」

「ありがとうございます」

艶然、と言ってもいい微笑みを洸介は浮かべた。

「茶筅と茶巾は、うちにある新品を一緒にお包みします」

「用意がよろしいなあ」

須藤はありがたそうに言った。

——影近さん、ずいぶん大サービス。

紫乃は一瞬心配しかけたが、すぐに思い直した。

——茶筅や茶巾をおまけしても充分、もうけになっちゃう金額なんだ。

案の定というべきか、須藤は現金ではなくクレジットカードで支払いをした。

須藤がサインをする時に伝票を覗きこんで、紫乃はめまいを覚えた。家や新車が買えるほどではないものの、普段持ち歩く金額ではない。新社会人なら給料二ヶ月分くらいだろうか。

――こんなに大きな金額が、一度に動いちゃうんだ……。

須藤に智香子の住所や電話番号を書いてもらっている間、紫乃は動揺を見せないよう必死に冷静な表情を作っていた。いちいち驚いていたら、また軽く見られてしまう。

「学生さん、びっくりしたやろ。勤めたばっかりでこういううるさいおっさんに出くわして」

記入を終えた須藤がにやりと笑う。洸介が淡々と見守っているのを、紫乃は感じた。

「いえ……。『春の茶箱』を娘さんへのプレゼントに選んでくださって、ありがとうございます」

こんな素人のセレクトを、という言葉を呑みこむ。それでは、教えてくれた洸介や選んでくれた須藤をも軽んじることになってしまう。

「世間は、こんなもんやで。馬鹿にすると思うたら、手のひら返すみたいに褒めてきよる時もある……しもた。よその娘さんに説教してもうたわ。うはは」

太い声で笑うと、須藤は店の中を見回した。

「弁天堂か。子どもの頃から名前だけは聞いてたけど、入ったのは初めてやわ。また、今度は手頃なもん見せてもらうわな」

「ご縁ができて光栄です」

洸介がにんまりと笑う。金払いのいい客を見つけた――という心の声を、紫乃は聞いたような気がした。

「智香子にさりげなーく宣伝しとくわ。哲学の道のそばの、店長がイケメンの店で買うたってな」

「ありがとうございます」

みじんも照れるそぶりを見せず、涼しい微笑で洸介は礼を言う。本当に娘さんがイケメン目当てに来たらどうしよう、と紫乃は不安になる。いや、不安になる必要は何もないのだけれど。

「そういえば娘さんのお住まい、大阪なら電車ですぐですから、気軽に会えますね」

洸介が言うと、須藤は機嫌良く「そやろ」とうなずいた。

＊

石橋の欄干に、白猫が座っている。

葉桜の色はいよいよ濃くなって、白い毛並みに薄く緑が映るようだ。

「こんにちは、猫神様」

紫乃が声をかけると、猫神は目を細めた。笑顔だ。

「弁天堂の若君から、われの話を聞いたか」

「はい。そろそろ二十四なのに子ども扱いだって、影近さん言ってましたよ」

「そこにこだわるところが子どもよの」

澄ました声で猫神は言った。

「この間の、琵琶湖の龍神様の家来は？」

「疏水を泳ぎ回って、警備の最中。それが終われば龍神が来る」

紫乃は、猫神と一緒に疏水を見下ろした。抜群に透明ではあるが、水深はわずか二十センチほどに見える。

「もう一週間は過ぎたであろう。雇い主との相性はどうかの」

「丁寧に教えてくれます。まだ全然役に立てないのが申し訳なくて……」

「あそこは弁天様の行き来する、弁天様の子孫が住む、一種の神域でもある。苦労はないかえ？」

「いえ。でも、『洸介さん』と呼ぶように言われるのが少し困ります。二人でいる時は『洸介さん』で、お客様がいらっしゃる時は『店長』で……忙しいです」

猫神は「あちゃー」と言いながら肉球を目元に当てた。人間じみた仕草であった。

互いに「紫乃」「洸介さん」と呼び合うに至った経緯を紫乃が話すと、猫神はもう一回「あちゃー」と肉球を目元に当てた。

「あの若君はのう、気に入った相手にはぐいぐい間合いを詰めていくからのう。弁天様に似たのかもしれぬ」

「え、えっ、えっ」

紫乃はうろたえて、胸元のリボンを意味もなくいじった。気に入った相手とは、自分のことか。気に入ったとは、恋愛に近い意味合いなのか。

「おお、気にせずとも良い。老若男女を問わず、若君が気に入る人間はそう多くはないからのう。社会生活は問題なく送れておる。現に、両親が海外へ仕入れ旅行に行ってしもうた後、立派に弁天堂を切り盛りしておる」

「あ、はい」

猫神は、紫乃が洸介の対人関係を心配したと受け取っているのだった。

「変わっているであろう。弁天堂の若君は」

「お客様の前では普通だし、優しい人だと、思います。お金にはがめついような気が、ちょっとするけど」

須藤が今後も来店する意思を示した時のにんまりした笑いを思い出す。あれは愛想笑いというより、（してやったり）という顔だった。

「金は、大事にしよるぞ。若君は弁財天の孫だからの」

「そうでした」

弁財天と言えば、水や愛情、技芸の才能の他、財力を司る神でもある。

「おおむねうまくいっているようで、良かったのう。何かあれば、喫茶店跡においで」

「ありがとうございます」

お辞儀をしたものの、猫の姿の可愛らしさについ、歩き去りながら手を振ってしまう。猫神は普通の猫のごとく「みゃおお」と応えてくれた。

白つつじが咲く細道を歩いて、弁天堂へ向かう。玄関口の郵便受けを開けると、ポストカードが一枚出てきた。

差出人は「須藤智香子」とあり、思わずひっくり返す。

弁天堂様
宅配便で父から茶箱を受け取りました。
こちらで扱っておられたお品だそうで、ありがとうございます。
お店の方が一緒に選んでくださったのではないでしょうか？
父は、茶箱を組んだことはないはずですし……。
どちらにしても、大切にします。
ありがとうございました。

紫乃はそっと、ポストカードを制服の胸元に当てた。自分の仕事の成果がここにある。そして、一人で読んでしまってもったいなかったかな、とも思う。

ノッカーを叩き、ステンドグラスの嵌まった扉を開く。

「こんにちは」

紫乃の挨拶に、棚を拭いていた洸介が「おつかれさま」と応える。

「智香子さんからお手紙です！　須藤さんの娘さんの」

ポストカードを見せる。

「読みたい」

洸介は、思いがけない贈り物をもらったような笑顔で両手を伸ばしてきた。

第二話・了

第三話
茶人はめぐる

五重塔がそびえる東寺《とうじ》の境内に、屋根付きの露店がどこまでも並んでいる。

夕方に近い蜂蜜色の光の中で人と人とがひしめき合って、紫乃《しの》はあやうく、前を歩く洸介《こうすけ》とはぐれそうになる。

「紫乃」

前を向いたまま、洸介が後ろに手を伸ばしてくる。紫乃が反射的に手を取ると、ぐいと引っ張られて隣に並んだ。

――お熱いですにゃあ。

からかう声を発したのは、露店に並ぶ骨董の一つ、大きな招き猫だ。招き猫といってもオーソドックスな座った姿ではなく、寝転がって一方の前足を上げている。

「おお」

洸介は若干前にかがむようにして、寝転がった招き猫を観察しはじめた。からかわれた件はどうでもいいらしい。

「見てごらん紫乃。昔の招き猫の中には、釈迦の涅槃像《ねはんぞう》のように寝転がったタイプもいる。ぼくは横招き猫と呼んでいる」

「反論しましょうよ、影近《かげちか》さん」

洸介はきっと目を吊り上げる。

「言ってるじゃないか。ぼくの方が一方的に君に興味を持っているみたいだから、君も名前を呼んでくれ」

「あ、はい、洸介さん」

——お前たち、どういう仲にゃ。

横招き猫が不審そうに問うてくる。

「君はアルバイトでぼくは雇用主にすぎない。そこはわきまえているから、呼び方は気をつけてほしいな」

小言を言いながら洸介は、依然として紫乃の手をつかんだまま歩きだす。どこがわきまえているというのか。

——この人、四分の一神様だからしょうがないか。

順応している自分が怖いと思いつつ、紫乃は「手はもういいですよ」と注意する。

「うん」

手を離した洸介は、自分のショルダーバッグのベルトを指さした。

「こっちを持つといい」

子どもじゃないんだから、と思いつつ紫乃はショルダーバッグのベルトを指でつまんだ。この「弘法《こうぼう》さんの骨董市」は、とにかく店の数も客も多い。はぐれたらなかなか出会えないだろう。

積まれた古本から、低いざわめきが聞こえる。

別の露店では、陶磁器から水音や話し声が響いてかしましい。

うまく意識をそらしていなければ、うんざりしてしまいそうだ。

「ふることぎきにとっては、よりやかましい場所だな。ま、これも訓練だ」

洸介はそう言いつつも、大してうるさいとは思っていないようだ。慣れているのだろう。

「そういえば、弁天堂にはたくさん古い物があるのにここまでうるさくはないです。ずっと静か」

「いいところに気づいたな紫乃。弁天堂の商品はぼくと祖母に気を遣って静かにしているんだ」

洸介の祖母は、琵琶湖の竹生島に祀られている弁財天だ。哲学の道沿いにある幸せ地蔵尊では生きた人間そのままの現れ方をしたが、弁天堂ではなぜか鏡に映って洸介と話をしているらしい。

「ところで紫乃、こうやって露店の間を流してみたわけだが、どんな骨董がいいと思った？」

紫乃は、この二十分ほどで見た露店の品々を思い返した。

木製の糸巻き、古い法被《はっぴ》、歌舞伎役者が描かれた凧《たこ》。

信楽焼《しがらきやき》の壺、萩焼の茶碗、藁灰《わらばい》を入れた釉薬で焼いたという、薄茶色の花瓶。

「弁天堂の骨董を見ているからかもしれませんけど、陶磁器類が気になりました。まだよく分からないけど、値の張りそうな品が多いように見えて」

「大当たり。この月一回の弘法市は、骨董市の中でも値の張る商品が多い。目利きも集まる」

紫乃は周囲の買い物客を見た。

普通の中高年男女に見えるが、言われてみれば眼光鋭く商品に目を配っている客もいる。

「同じ京都の二大骨董市でも、北野《きたの》天満宮《てんまんぐう》で開かれる天神市は気軽に買える値段の物が多い。毎月二十五日だから、四日後だな」

洸介の話を忘れぬよう心の中のノートに記しつつ、二、三度うなずく。

しかしそこへ、ざわめきの中でひときわよく通る声が聞こえてきた。


花は野にあるように……


「洸介さん。花は野にあるように、ってどこからか聞こえる気がするんですけど」

「ああ、あの茶人《ちゃじん》の声か」

古い日本人形やボタンなど、雑多な品揃えの露店に洸介は近づいていく。

陶器製の重箱の上に、高さ七センチほどの小さな木像が置かれていた。茶人風のつばのない帽子も、着物も黄色く彩色されている。両手に抹茶碗を持ち、好々爺然《こうこうやぜん》とした顔で微笑んでいる。

頭も胴体も同じ幅なので、全体がずんぐり、ころりとした印象だ。

「この茶人の人形は、どこかの名産品ですか？」

洸介が露店の店主に聞いた。

初老の店主は白髪の交じった頭を傾ける。

「さあねえ。わしは九州から来たんだけど、地元の蔵から出てきた人形ってだけでね。由来がよく分からないんだよ」

洸介の薄い唇が笑みの形に広がるのを見て、紫乃は察した。洸介はこの木製人形について何かを知っている。そして買う気だ。

「ぼくもよく知りませんけど、奈良の一刀彫りみたいにシンプルな形で面白いですね。これいただきます」

「京都へ来るのに交通費かかったからね、高めで悪いけど五千円」

「わかりました」

あっさりと承諾した。指先に載るような小さな人形に五千円とは、紫乃にしてみればかなり高いように思える。


花は野にあるように……


満ち足りたため息のような声で、茶人人形がささやく。

――この茶人さん、何者なんですか。

紫乃が見上げると、洸介は人差し指を立てて自分の唇に当ててみせた。

そんな芝居がかった仕草がさまになっているあたりが、本当にずるい、と紫乃は思う。

*

紫陽花《あじさい》が青く色づいてきた小道を通って弁天堂に戻った時には、すでに夕方だった。

「さて紫乃、ちょっとした授業をしよう」

円卓の上に茶人人形を置くと、洸介は紫乃に座るよう促した。

「店主は申し訳なさそうだったが、この人形は五千円でも安い。茶の木でできた、茶の木人形だ」

「茶の木人形？」

緑茶や紅茶の葉なら日頃よく目にするが、茶という植物の樹の部分はほとんど見たことがない。

「新幹線で静岡あたりを通った時に茶畑を見ましたけど、葉が茂っていて樹の部分は見えなかったです」

「うん、普通に暮らしていたら茶の木を木工品の材料として見るケースはほとんどないだろうな。実際、固くて加工しにくい」

確かに、丸みの少ない木像だ。のみを入れる回数を最小限にして仕上げたように見える。

「茶の木人形だから、茶人さんの形をしているんですか？」

「いい質問だ。他に、茶の木人形の意匠としてありそうな人物は思い浮かばないか？」

「うーん」

紫乃が茶人人形をにらんでうなっていると、洸介は突然歌いだした。

「夏も近づく八十八夜、野にも山にも若葉が茂る……」

「あっ、お祖母ちゃんが歌ってたことあります」

洸介が嬉しそうに口の両端を上げる。

「曲名は？」

「ええと……『茶摘』！　お茶の葉を摘む歌ですよね」

「茶を摘む女性の格好といえば？」

紫乃は、静岡の観光ポスターを思い出した。スーパーで見かける緑茶のパッケージも。

「手ぬぐいをかぶって、藍色の着物に赤い前掛けの女の人！」

「当たりだ。茶摘み娘という。持ってくるから待っていなさい」

洸介は立ち上がって、帳場の奥へ行こうとする。

「あ、そうそう」

振り返る洸介に、紫乃は何だろうと首をかしげる。

「実際にはああいう可愛い格好は観光客を呼ぶための装束で、実際はもっと動きやすくて汚れてもいいような野良着だ。ぼくとお茶の産地に行くこともあるだろうから覚えておいてくれ。地元民と話す時に怒られないようにな」

紫乃は、かしげた首を勢い良く戻した。

「出張のお仕事もあるんですか？」

「ちゃんと交通費は出すぞ。拘束時間の分、手当も付ける」

そう言い置いて、洸介は廊下の奥へ行ってしまう。

——わたしが心配してるのは、男の人と二人旅ってとこなんですけど……。

二人旅だと知られたら、大変だ。

両親と寮母の静子が弁天堂でのアルバイトを認めてくれるまで、ちょっとした騒動があったからだ。

まず、遅く帰ってきた紫乃から「弁天堂という骨董店でアルバイトをします」と聞いた静子が「まあどないしょう」と素っ頓狂な声を上げた。

それには二つ理由があった。一つは「よその子をお預かりしてるのに、男性と二人きりで店番をさせるやなんて」という理由。もう一つは「昔から名の聞こえた老舗《しにせ》で、高校に入ったばかりの紫乃ちゃんが充分に役立つんやろか」という理由。どちらも悪気のない、至極まっとうな言い分であった。

気まずそうに「紫乃ちゃん、うちはちょっと賛成しづらいわぁ」と言う静子に、紫乃は「本当にすみません、ご心配かけて」と前置きして、働きたい理由を述べた。

両親に下宿代を出させている分アルバイトがしたい、ふと入ってみた弁天堂の佇まいが素晴らしかったし、祖母が持っていたような骨董に触れられるのは嬉しい、という趣旨だ。

それでも静子が渋っているので、紫乃は洸介から指示されていた言葉を告げた。

「店長が直接お話をしますので、お手数ですが弁天堂にお出まし願えませんか」と。

翌日、学校帰りの紫乃とともに弁天堂を訪れた静子に、洸介は丁寧に薄茶を点て、真摯に説明した。

若造一人が骨董を扱っていると、客から軽く見られがちであること。かといって、年配の女性を雇用すれば偉ぶっているように見え、同じ年頃の女性と二人きりでは仕事がしづらい。

しかし、まだ高校生の紫乃を雇えば、親類の娘さんのようなつもりで接することができる。それに紫乃が骨董を扱う手つきは非常に丁寧で信用が置け、子どもの頃から祖母の骨董に触れてきた経験も今時は得がたいものだ――と。

この時点ですでに紫乃は（ここまでやってもらっていいのかな）と思っていたが、洸介の次の行動は予測をはるかに超えていた。「よう分かりました。ほんなら、紫乃ちゃんの両親にも電話で聞いておくれやす」と静子が言うと、その場で紫乃の実家に電話をかけ、訪問のアポイントを取ってしまった。

その電話が終わるなり今度はタクシー会社に電話をかけて久多行きを依頼している

洸介を見守りつつ、静子は鳩が豆鉄砲を食ったような顔をしていた。「紫乃ちゃんもしかして店長さんと結婚の約束でも……」と言いかけた静子に、紫乃は大慌てで首を左右に振った。「違うんです、それだけ、アルバイトがいなくて困ってたそうなんです」と。

そのまま店を閉めて紫乃とともにタクシーに乗りこむ洸介を見送る静子の目は、もはや諦めの境地に至っていた。

一時間後、久多の実家で出迎えてくれた両親は当初渋っていたが、紫乃が「お父さんとお母さんに少しでもお返ししたくて、アルバイトを探してたの。ブラック企業よりずっといいでしょ」と言った途端態度を軟化させた。

正確には、夫婦揃って「ブラック企業と比べるなんて！　すみません」と洸介に謝りはじめた。だが、当の洸介は上機嫌であった。タクシーで久多を出て叡電鞍馬《えいでんくらま》駅に降り立った時は「いやあ、技ありだったぞ紫乃」と快哉を叫んだほどだ。

いつか猫神が言った「気に入った相手にはぐいぐい間合いを詰めていく」を、まさに地でいく行動であった。

そんないきさつを経て成立した雇用関係だが、店主と二人旅はさすがに大人たちは反対するだろう。学校の同級生に見とがめられても困る。

「お待たせ」

悩んでいる紫乃の気持ちも知らず、洸介は木箱を持ってのんきな顔で戻ってきた。

「うちの茶の木コレクションはなかなかのものだと思うよ。宇治の土産物だから、九州の骨董屋には分からなかったようだが」

「宇治の土産物……って、洸介さん、どこかの名産品ですかって聞いてたじゃないですかっ」

「いけず」

「相手の知識のほどを試しただけだ」

「なんのなんの。本物のいけずはこんなものじゃない」

空恐ろしい台詞を吐いて、洸介が木箱を円卓に置く。

中から出てきたのは、どれも小さな、ずんぐりとした木の人形たちだった。

そのほとんどが、姉《あね》さんかぶりの茶摘み娘だ。土産物らしくきちんと彩色されているが、中には、樹皮をほとんど残した状態で茶摘み娘の顔を彫りつけた品もある。元の木の形を生かしているのだ。

茶摘み娘以外には、今日買ったような茶人もあり、顔以外を布で覆って座りこんだ達磨大師《だるまだいし》もいる。

「達磨大師は、縁起物だからだ。そして茶人は、あの千利休《せんのりきゅう》。土産物になるほどの有名人なわけだ」

茶の木人形は、江戸時代の終わり頃から宇治で作られるようになった。

一説には、江戸時代初期に茶人の金森宗和《かなもりそうわ》が利休の人形を作ったのが始まりと言われる。

茶の木は固い上に太く育ちにくいので、専門の職人がいるほど加工が難しい。

現代ではすたれたものの、ごく最近少しずつ復興の兆しが出てきたという。

一通りの説明を終えると、洸介は喜々として今日手に入れた利休人形を取り上げた。

「おまけにこの木は、見たところ加工されてから三百年以上経っている。類を見ないほど古い茶の木人形だ」

「五千円じゃ済まないですよね、絶対？」

「その通り」

「かわいそうですよ、あの九州の骨董屋さん」

「かわいそうなものか。目利きが勝つ世界だ」

洸介の手の上で、黄色い利休人形はまたささやきはじめる。


花は野にあるように……

刻限は早めに……

降らずとも雨の用意……


「さっきから言っているのは何ですか？」

「『利休七則《りきゆうしちそく》』だ」

「え、え？　すみませんもう一回」

「『利休七則』。千利休が定めた、茶の湯の心得に関する七つの規則。簡単なようで難しい」

かつて、千利休がある弟子から「茶の湯とはどのようなものですか」と尋ねられた。その時利休が答えたのが、この七つの規則だ。弟子は「それぐらい私にもできます」と言ったが、利休は「もしあなたにこれができたら、私はあなたに弟子入りしますよ」と答えた。そんな逸話が残っているのだと、洸介は説明してくれた。

「そういうものがあるんですか……どうして『利休七則』を話しているんでしょう？」

紫乃は利休人形に顔を近づけてみたが、同じ言葉を繰り返すばかりだ。

「普通に話しかけても無駄だ。長い間、蔵に押しこめられて寝ぼけている」

洸介は他の茶の木人形を箱にしまうよう紫乃に言いつけると、また廊下の奥へ行ってしまった。

「これなら効くだろう」

戻ってきた洸介の手には、盆に載った香炉《こうろ》があった。薄く細く、煙がひとすじ立ちのぼっている。

仏壇の線香とは違う、かすかに果実味を感じさせる濃密な香りだ。

「沈香《じんこう》だ。茶の湯でも珍重される」

香炉を円卓に置く。利休人形が、おお、と声を漏らした。

――わたくしは、千利休の分身です。

「どういうことかな」

洸介は座って利休人形に顔を近づける。ためらっているような空気を、紫乃は利休人形から感じた。

「気が向けば、この鏡を使ってくれてもかまわない」

立ち上がった洸介は、壁に掛かった長方形の大きな鏡に手を添えてみせる。いつか、弁財天が姿を現した鏡だ。

――千利休が、太閤《たいこう》より死をたまわったこと、ご存じか。お若い人たち……。

「知っているよ」

洸介が答えた。

「良好な関係であった太閤豊臣秀吉《とよとみひでよし》と千利休だったが、いつからか秀吉が利休を敵視するようになった。利休は泉州・堺に蟄居《ちっきょ》し、そして切腹した、というところだな」

簡単にまとめてみせたのは、紫乃のためもあるのだろう。こちらに目配せをして、一方の目をつぶってみせる。

――その通り。京から堺へと向かう利休を、見送ったのが高弟のうち二人の茶人。細川三斎《ほそかわさんさい》と古田織部《ふるたおりべ》……。

「どちらも茶人であり、武将だな。三斎こと忠興《ただおき》は、まだ若かったはずだ」

――さよう……。

壁の鏡が曇り、この場にはない色彩が広がる。青空を映す川だ。川岸には、利休人形と同じ格好をした老人と、中年の武士と、二十代とおぼしき若い武士が映っている。

——淀川《よどがわ》のほとりで、師弟は別れた……。

信じられないものを見る思いで、紫乃は鏡に近づいた。洸介は泰然としている。

鏡の中で、利休が懐に手を入れる。

取り出されたのは二本の茶杓だ。

一本ずつ茶杓を手渡された古田織部と細川三斎は、涙をこらえるかのように顔をゆがめている。

——利休は二人に茶杓を贈った。三斎には「ゆがみ」という銘の茶杓。織部には「泪《なみだ》」という銘の茶杓。

「『ゆがみ』は東京の永青文庫《えいせいぶんこ》、『泪』は名古屋の徳川美術館にある」

洸介が言うと、利休人形は安堵の吐息らしき音を漏らした。

——残っているならば、良かった。あの茶杓はわが仲間。

「仲間って？」

紫乃が尋ねる。ふふ、と利休人形が笑い声を発する。

——若い三斎にだけ、利休はもう一つの餞別《せんべつ》を渡した。それがこのわたくし。利休の姿をかたどった、利休が彫った茶の木人形。

「利休さんは、それだけ三斎さんを大事に思っていたんですね」

紫乃の質問に利休人形は、はて、とつぶやく。

——他より大事に思っていたかどうかは知らぬ。ただ、心配していた。三斎がある悩みを吐露していたために。

「武将茶人の悩みか。興味があるな」

洸介は、鏡の中の三斎を見つめながら言った。

——わびさびを現出させる茶の湯。血なまぐさい戦場。その二つの世界の兼ね合い。武人としての自分に偏りすぎ、茶人としての自分を忘れそうだと、若き三斎は利休に言うた……。

平和な時代に暮らす紫乃には、想像できない悩みだ。

——茶の木で彫った自分の姿を渡して、利休は言うた。茶人としてのおのれを忘れそうになったら、この像を見よ、と……。

鏡の中で三斎は、厚い手のひらに利休人形を包みこんでいる。それを見つめる利休の表情は厳しかった。今生《こんじょう》の別れを目に焼き付けようとしているかのように。

——茶杓と違って、わたくしは茶席で用いるような品ではない。人に見せる品でもない。三斎の死後は人の手を転々として、骨董屋の手に渡った……。

「細川家は九州の武将だからな。それで、九州の骨董屋の所へ行ったわけだ」

——さよう……。わたくしは、元の主人が、三斎が懐かしい……。

「決まりだな、紫乃」

洸介が楽しそうに言った。

「何が決まりなんです？」

「東京の永青文庫だ。この利休人形を連れて、三斎に贈られた茶杓『ゆがみ』に会いに行く」

「えっ」

三斎が懐かしいといっても、当の本人はとっくに死んでいる。ならば、ともに利休から贈られた「ゆがみ」の茶杓に会いに行くのは理にかなっている、気もするのだが。

——影近さん、がめつさはどこへ行ったんですか？　交通費がかかりますよ？　東京に行ってる間、お店で商売できないですよ？

「次の土曜日の予定は開けておくように。日帰りだから心配しないこと」

「わたしもですか？」

交通費が二人分かかってしまう。

「もちろんだ。スタッフ研修も兼ねているから、参加必須だ」

遠足を心待ちにする子どものような笑顔で、雇い主は命じたのだった。

＊

永青文庫は、大名細川家ゆかりの私立美術館だという。早稲田大学に近い住宅地にあるらしい。

京都駅で集合するなり、洸介は「行きの新幹線で永青文庫の説明をするぞ」と仕事の話を始めた。二人旅の件は結局静子にだけ告げたのだが、そのあたりを聞いてくる様子はない。東京行きは何回目かと聞いてきたり、中学の修学旅行に続いて二回目だと紫乃が答えると大げさに驚いたりした。

――まあ、仕事以外の話は出さない方がいいよね。ただでさえ、年上の男の人と二人でって、気まずいんだから。

そう、嬉しいのではない、気まずいのだ、と自分に言い聞かせながら改札を通る。

新幹線に乗りこむと、洸介が二つ並んだ席の前で「ここだ」と立ち止まった。

「窓際に座るといい。景色が見える」

手で窓際の席を示されて、紫乃は慌てた。

「洸介さんの方が目上なんだから、洸介さんが窓際ですよね？　こういう時は」

「気にするな。新幹線で東京へ行くのはまだ二回目だろう」

「でも」

「通路を見ていても楽しくないぞ。さあ」

「いいんです」

紫乃は常になく強い口調になった。

窓際の席に座ったら、洸介と新幹線の内壁との間に挟まれる格好になる。それは落ち着かない。

「早くしないと、後ろに行列ができる」

洸介に言われて振り返る。他の乗客が二、三人、こちらへ向かってくるところだった。急いで窓際の席に座ると、洸介が何の気兼ねもない様子で隣に座ってきた。

「寝たらもったいないぞ、途中に伊吹山も富士山もあるから」

そう言われても、緊張で眠れそうにない。

「利休さんの人形は……」

「眠ってるよ。今はバッグの中」

洸介がタブレット端末やメモ帳をバッグから出している間、紫乃は何となく前方を見た。二十代半ばとおぼしき男女が、互いに腕や肩に触れ合いながら小声で話している。（私はいいから窓際に座りなよ）（いや、通路側じゃ君、乗り物酔いするだろ）（うーん）（景色もきれいだからさ）……要するに、窓際の席を仲むつまじく譲り合っているのだった。

――こういう時って、席を譲り合うもの？　影近さん、女の人と出かけたことあるのかな……あるよね。二十三歳だもの。

「ぼくの顔に何かついてるか？」

ついつい顔を見つめてしまったので、洸介が怪訝そうに聞いてきた。何でもありません、と慌てて答える。

「そうか。まず、細川家の話から簡単にしておこうか」

紫乃は端末を見せられながら永青文庫に関する説明を受けた。

室町幕府三管領《さんかんれい》の一つ、細川家の所有する歴史資料や美術品を管理・保存する美術館で、場所は東京都文京区目白台。展示だけでなく研究も行っているという。

幸い、茶杓「ゆがみ」も展示中だ。

「緑豊かですね。美術館って言うから、まわりはコンクリートって思ってました」

公式サイトを見ながら、紫乃は感心してしまう。京都にも東京にも、自分の知らなかったものがあふれている。

「途中で大判焼を食べていこう」

思いきり庶民的な要望を稚気に満ちた表情で洸介が述べ、紫乃は笑いだしてしまう。

「大判焼は、関西でも売ってますよね？」

「谷中や早稲田あたりで売っている大判焼はあんこが違うんだ」

「まさか、大判焼のために東京行きを決めたんですかっ？」

真剣に紫乃が聞くと、洸介は「ふふふ、どうかな」と笑いだした。

「え、ちょっと、本気ですか？」

「さあね」

洸介はもう答える気はないようで、画面を東京の地図に切り替えている。

折しも、静岡県浜松市のあたりだ。濃い緑色の茶畑が丘に広がっていた。

——景色が流れていくと、恥ずかしさがまぎれていいかも……。

安心した紫乃だが、東京に着いてから大判焼屋で大いに赤面することになる。

洸介が「父さんに連れてきてもらった時から変わってない」と喜び、店頭のベンチで食べるところを写真に撮ってほしいと言いだしたからだ。

撮影する最中に通りすがりの学生らしき若者たちが「歳の離れたきょうだいっていいよね」「カップルかと思った」と話すのが聞こえて、危うく洸介のデジタルカメラを落とすところであった。

＊

都電荒川線《とでんあらかわ》の駅からしばらく歩いて永青文庫に到着すると、洸介は利休人形を胸ポケットに入れた。

「狭いが我慢してくれ」

——なんの、蔵の中に比べれば。

頼もしく利休人形が言う。

ほどほどに混み合った一角に、その茶杓はあった。ガラスケースの中に横たえられた、中途から斜めにかしいだ茶杓。細川家の所蔵してきた「ゆがみ」だ。

——おお。達者で良かった。ゆがみどの。

洸介の胸ポケットから顔を覗かせた利休人形が声を震わせる。

ガラスケースの向こうからは、小さな声が聞こえた。

——無事でござったか。ここは木々の揺れる音が眠気を誘って心地よい。

——わたくしは、京でこの若者の持ち物になったよ。次はどこへゆくか分からぬけれど。

静かな語らいが、展示室の空間を埋めてゆく。

良かった、と思ったものの、紫乃はふと心配になった。

——この二人、これっきりでお別れなんだよね。さびしくない？　それって。

こうして仲間との邂逅《かいこう》を果たした後、利休人形はどこへ行くのが幸せなのだろう、と。

「同じ好みを持つ者の所へゆく」

洸介が小声でささやく。

——重畳《ちょうじょう》。

目を閉じるような静けさで、「ゆがみ」の茶杓が応えた。

「ここから弁天堂へ、道をつけていこう」

洸介のささやきの意味が分からず、紫乃は視線で問いかけてみる。

「ぼくの力の一つだ」

——ゆがみどの。この若人は、竹生島の弁財天の孫だそうな。

利休人形が紹介する。

——ますます、重畳。

この茶杓は今、微笑んでいる、と紫乃は思った。

＊

永青文庫から帰って以来、利休人形は茶道具類の一角に置かれている。分かっている客は「ああ、茶の木人形だ」と感心し、そうでない客は「茶の湯に関係のある人形ですか？」と尋ねる。

これは茶の木人形といって、茶の産地宇治の古いお土産なんですよ——と説明するたびに、紫乃は胸がどきどきした。自分よりも年上の大人に物事を説明するのは緊張する。

ちなみに洸介に言わせれば、「店主のぼくが近くにいるからおとなしく聞いて信用してくれるケースもあるぞ」ということらしい。

「紫乃、そろそろ来るぞ」

唐突に洸介が言い、棚から利休人形を取り上げた。だんだんこういう奇矯さにも慣れてきた、と思いつつ紫乃は尋ねる。

「来るって、何が来るんですか？」

「ぼくが永青文庫から弁天堂までつけた道だ」

洸介が利休人形を棚に戻す。

もうちょっと詳しく教えてくださいよ、と紫乃が言いかけた時、玄関が開いた。

「こんにちは」

顔を出したのは、三十歳前後の男性だった。ネクタイはしていないものの、ジャケットやよく磨かれた靴から几帳面そうな雰囲気が漂ってくる。

「いらっしゃいませ」

洸介の若さが意外だったのか、つかの間動きを止めてから男性は口を開く。

「こちらで茶道具を扱っていらっしゃると噂で聞きまして。東京から参りました」

「それは、はるばる遠くからありがとうございます」

特段驚いてはいない様子で、洸介が礼を言う。よくあることなのだろう。

「いえ、観光もできますから。このあたりはいいところですね」

「東京のどちらから？」

「文京区です。永青文庫の近く」

――さっき影近さんが言ったのって、ひょっとしてこの人？

紫乃は、さりげなく男性を見守った。

抹茶碗などを見る目の動きから、茶の湯にある程度詳しい人間だと伝わってくる。

「この茶の木人形、面白い味わいです」

男性が相好《そうごう》を崩した。

「粗削りだけど、完璧ではないゆえの面白みがあるというか。私は永青文庫の『ゆがみ』の茶杓が好きなんですが、あの茶杓に似た雰囲気だと……いや、妙なことを言いました」

「いえいえ。名のある美術品に似ているだなんて、光栄ですよ」

にこやかな洸介の顔を見て、いけず、と紫乃は思う。似ているも何も、作者は同じなのだ。

――でも、同じ雰囲気だって当ててしまうこの人、すごくない？

紫乃の疑問に答えるかのように、洸介が「失礼ですがどちらのお師匠様についてらっしゃいますか」と聞く。男性が答えた茶人の名前は紫乃には初耳だったが、目を見開いた洸介の表情からすると、かなり有名な人物らしい。

「私は、あの茶杓が十代の頃から好きで好きで。手に入れるわけにはいきませんが、せめて似た味わいの茶の木人形を手元に置きたい。おいくらですか？」

洸介が穏やかな表情で告げた金額に、紫乃はあやうく大声で「いけずーっ」と言いたくなった。

——いけず？　いや、守銭奴《しゅせんど》？　がめつい？

紫乃の視線をまるきり無視して、洸介は代金を受け取り、領収書を切っている。

「茶道具を買うはずが、不思議な出会いをしました」

仕入れ値がたったの五千円とは思っていないだろう。男性はあくまでも充足した顔つきで、店を出ていった。他の骨董店も回ってから東京に帰るのだと言い残して。

出ていく男性の手元からは、（感謝する）という利休人形の声が聞こえた。

思えば、あの男性は永青文庫のそばに住んでいると言っていた。ともに展示されはしないが、「ゆがみ」の近くへは行けることになる。

「あの人ですよね？　永青文庫からここまでの道をたどってきたのは」

「うん」

つやつやと光を発しそうな表情で、洸介は椅子に座る。

「同じ好みを持つ人間が来るようにね。永青文庫の常連に、目利きがいたわけだな。利休や三斎と同じ美意識を持つ人間に、あの茶の木人形を売ることができた」

「道をつける、ってどういう技なんですか？」

椅子の上で、洸介は首をゆっくりと揺らした。

「お祖母さまに時間をかけて教わった、一種の技術体系だからなあ。一口には言いづらいが便利なものだよ」

「そうなんですか……」

「しかしめでたい。若い顧客ができた」

「えっ、若いと何かあるんですか？　お年を召した方のほうが、いっぱい買ってくれそうじゃないですか？」

「ふふふ、甘い」

洸介は人差し指を立て、ワイパーのように左右に振ってみせた。

「店を続けていくには、まだ若い、この先何十年も取引してくれる顧客たちは必須だ。茶の湯の世界で顔が知られるようになれば、弟分や妹分にうちの店を紹介してくれるだろうしね。いわゆる青田買い。先行投資だ」

「あっ！」

投資、と難しい言葉が出てきたが、洸介の狙いは分かった。将来有望な客を、今のうちにつかまえておこうというわけだ。

「だから、わざわざ東京にまで行ったんですね？」

洸介は、にんまりとした笑顔を見せた。

「人聞きが悪いなあ、利休人形の願いを叶えることも考えていたぞ」

紫乃は、ため息をついた。

「洸介さんには、道をつける、という切り札があるんですね」

「ああ、色々と便利だ。たとえば、骨董市で迷子になりそうな女子高生に道をつけておけば、はぐれてもすぐに捜し出せる」

「へー、そんな使い方が。……って、洸介さん」

「うん」

洸介はどこまでも泰然としている。

――わたしの手を握ったり、バッグのベルトを持たせる必要、なかったんじゃ……。

「そんな顔をしなくても」

初めて、洸介が動揺を見せた。

「弁財天の力を使わずに、普通に接したかっただけだ」

今度は真剣な顔で、洸介が言う。思わず見つめていると、洸介は無表情になって目を伏せた。いつものように滔々《とうとう》と語ろうとはしない。

──そういえば、あの猫神様が言ってたっけ。影近さんは小さい頃、照れると下を向く癖があった、って。

小さい頃の癖が今になって出てきたのだとしたら、もしや洸介は照れているのだろうか。普通に接したかった、という自身の気持ちの表白に。

──まさか。小さい頃の話だって、猫神様は言ってたもの。でも、まだ……影近さん、黙ってる。

無性に気恥ずかしくなってきて、紫乃は「お茶を淹れましょうか」と言った。

洸介が「うん」とうなずく。

大判焼を食べたいと言いだした時の、子どものような表情で。

第三話・了

第四話

魔女のチャームブレスレット

哲学の道には、青や紫の紫陽花が多い。

木陰にたっぷりと咲く紫陽花の色は、久多に咲く北山友禅菊よりもずっと濃厚だ。夏の制服で葉桜の下を歩いていると、昼間に降った雨の名残が夕暮れの光で輝きながらぱらぱらぱらと落ちてくる。

――紫陽花は英語でハイドランジア。

哲学の道を弁天堂へと歩きながら、紫乃《しの》は英語の問題集で知った単語を思い出した。京都市街に引っ越してからよく外国人観光客に道を聞かれるせいか、英語にはそこそこ関心がある。

――このへんを歩いてる時だけでも、京都駅はどっちですかとか、銀閣寺はどっちですかとか、五、六回聞かれたものね。

「Excuse me!」

後ろから若い女性の声で呼びかけられ、紫乃は（あ、また）と思いながら振り向いた。

長い金髪を三つ編みにした、すらりとした美人が笑顔で歩いてくる。黒いタンクトップにモスグリーンのハーフパンツと、動きやすそうな格好だ。京都散策を楽しんでいる外国人旅行者だろうか。

「ここは Philosopher's path ですか？」

——え、何て？　ふぃろそふぁーずぱぁす？

紫乃は返答に困って、相手の顔を見つめた。年齢は二十五、六歳だろうか、高い鼻の両側で溌剌とした青い目が輝いている。

——あっ、分かった。フィロソファーズ・パスで、哲学者の小道！

「イエス、フィロソファーズ・パス！　哲学の道です」

紫乃が答えると、金髪の美人は白い歯を見せて笑った。

「サンキュー。ここは素晴らしい景勝地です」

——あっ、日本語できるんだ。

「日本語お上手なんですね」

紫乃が褒めると、青い目にいたずらっぽい表情が浮かんだ。

「日本語、分かりますが上手でない。口語よりも難しい言葉、使ってしまいます」

ふふ、と紫乃は笑いながらうなずいた。景勝地、口語、確かに少し固い言葉だ。

「私の名前はナンシーと申します、イギリスのイラストレーターです」

「すごいですね！」

「すごい……グレートかどうか分かりません、イギリス以外では無名ですから。あなたは、制服を着ているからハイスクールガールですね？」

紫乃が自分の名前とその由来となった北山友禅菊のことを話すと、ナンシーは「素晴らしい」と真面目な顔で言った。

「私はイギリスの植物について祖母からたくさん学びましたので、草木や花が大好き。日本で言うお祖母ちゃん子です」

「あ、わたしもです。お祖母ちゃんの住んでる離れで、植物の話をしたりお菓子をもらったり、骨董……アンティークの話をしたり」

ナンシーは「オウ」と大きな声を出した。

「どうしたんですか？」

「驚いたのです。私たちよく似ています」

「似てる？」

「私はアンティークショップを探しているのです。フィロソファーズ・パス付近で営業している、ベンテンドウという骨董の店」

今度は紫乃が「ええっ」と大きな声を出す番だった。

「わ、わたし、そこで働いてます。アルバイトですけど」

「ワオ！」

青い瞳が輝いた。長い三つ編みが豊かな胸の上で揺れる。

「日本でこういうの、何かのご縁って言いますね？」

「言います、言います！　よく知ってますね」

「実は、過去に何度か友人と一緒に日本に来ているのです」

どうりで、気軽に話しかけてきたわけだ。紫乃は腕時計を見た。色々と話したので、少々時間を食ってしまっている。

「ちょうど今から出勤ですから、ご案内しますね」

「サンキュー！」

一緒に歩きだす時ナンシーの引き締まった白い二の腕を見て、きれいだ、と紫乃は思った。

――影近《かげちか》さんもこの人を見て、きれいだって思うのかな。

ナンシーに見とれる洸介《こうすけ》を想像して、胸にとげが刺さったような感覚を覚えた。

「どうかしましたか？」

隣を歩くナンシーが心配げに聞いてくる。

「いえ、何でも」

紫乃はとっさに笑顔を作り、胸に刺さった異物を抜き去った。

「紫乃さんは、ベンテンドウの店主の娘さんですか？」

「いえ、ほんとにただのバイトなんですよ。それに、店長は大学を卒業して跡を継いだばっかりだそうです」

ナンシーは「オウ」と口を大きく開けた。

「ご店主は、優秀です。あのベンテンドウを若くして継ぐとは」

「え、海外でも有名なんですか？」

すごいところでバイトしてるんだ、と自分で自分に驚いてしまう。弁天堂の公式サイトに英語版もあるのは知っていたが、実際に海外で評価されているらしい。

「学生時代の友だちから、聞きました。フィロソファーズ・パスのそばのベンテンドウでは、日本の物も西洋の物も扱っていて、それに品揃えが面白いと」

「えっ、あっ、ありがとうございます」

言われてみれば、弁天堂は東西の骨董品を扱っている。弘法市の露店では、日本の物を扱うところばかりだったけれど。

「この細道の先ですよっ」

張り切って案内する。いつもの細道にも、深い紫の紫陽花が群れ咲いていた。

紫乃に連れられてナンシーが弁天堂に入ってくると洸介は「いらっしゃいませ」と笑いかけた。しかしナンシーが「ハロー」と手を振ると、困ったような笑みを浮かべた。

——あれ？　何かいけなかった？

紫乃が不審に思っていると、洸介は自分の左手首を指さした。

「I'm sorry, would you mind taking off your bracelet?」

ナンシーが、自身の左手首に目をやった。銀色の、靴などの形をしたチャームをいっぱいぶらさげたブレスレットに初めて紫乃は気がついた。

「ソーリー！」

「すみません、気がつかなくって！」

ナンシーも紫乃も、同時に謝罪の声を上げた。一般的に、骨董屋ではアクセサリー類を外すのがマナーとされている。商品を傷つけないための暗黙の了解だ。

「失礼しました。銀で貴重なアンティークを傷つけては大変」

「お手数をおかけします」

洸介が慇懃に頭を下げた。紫乃は通学バッグを帳場裏に置くと、レジ横から専用の木皿を持ってきてナンシーに差しだした。

「わたしこそすみません。どうぞここに」

「ありがとう」

ナンシーは銀のブレスレットを外すと、木皿に置いた。ぶらさがっている銀のチャームは、どれも立体的で精巧なミニチュアだ。どんぐりを抱えたリス、ぷっくりした二枚貝、蝶結びにしたリボン、靴、馬の蹄鉄《ていてつ》、丸っこいカエル、フクロウ、そして分厚い本。日本のシルバーアクセサリーにはあまりなさそうなモチーフもあるが、リスの丸い目までしっかり造られている。

「可愛い！　見せていただいていいですか？」

「もちろん。祖母の形見、褒めてくれてありがとう」

ナンシーは明るい笑みで答え、茶道具の並んでいる棚へ足を向けた。

「お祖母さんの……大事な物ですね」

紫乃は木皿を持ち上げて、載ったブレスレットを見つめた。木々のざわめきや、英語の会話らしきものが聞こえてくる。

「勉強させていただきなさい」

洸介が、銀のブレスレットに視線を据えながら言った。値打ちを慎重に見定めようとする時の目だ。

「イギリスの銀のチャームブレスレットは、ポピュラーな骨董だ。市場にもちょくちょく出てくる」

「イギリスの人は、チャームのいっぱい付いたブレスレットが好きなんですか？」

「単純な好きとは少し違うな」

店内の商品を吟味しているナンシーを見やりながら、洸介は言った。ナンシーはちょうど、親指サイズの招き猫や昔の京土産だった舞妓を描いたミニ扇子などに見とれている。

「そのチャームは単なる飾りではなく、ラッキーチャームというお守りだ。ブレスレットのチェーンとは別売りになっていて、好きな物を付けられる」

「カードバトルのデッキみたいに、好きな物を揃えられるんですね」

「ぼくはそういう遊びには詳しくないが、似ているかもしれない。チャームブレスレットには持ち主の個性が出るから、新品だった当時を偲ぶことができて面白い」

「そうです、たとえば馬の蹄鉄は、幸運を呼ぶお守り！」

ナンシーがこちらに戻ってくる。

洸介が「いい物はありましたか？」と尋ねると、「小さい置き物が面白いです」と答えた。

「だって、小さい縁起物を愛でるなんてイギリスとよく似ています。指先ほどのだるま、招き猫、恵比寿様……」

「よくご存じですね、日本の縁起物」

「友だちと、日本の神社やお寺にお参りしたこと何度もありますから。今回は初めての日本一人旅で心細くて、お守りの付いたおばあちゃんの形見を持ってきました」

――わたしにとっての、ガラスの白鳥みたいなもの。

そう思い当たって、ますます大事な物だと感じる。

「良かったら、チャームの意味を教えていただけませんか？」

「いいですよ」

ナンシーは、まずどんぐりを抱えたリスを指さした。

「どんぐりは、小さな実から大きな木になるので縁起がいいとされています。成長や躍進のお守りですね」

次に、二枚貝をそっとつまみ上げる。

「貝は幸せの象徴です。この貝は仕掛けがあるんですよ」

まるで本物のように、パカリと銀の貝が開く。中には銀の粒が一つ。

「真珠貝ですね！　小さいのにきれいな球形……」

「なるほど、こんな小さな蝶つがいが」

洸介と揃って細工の細かさに感心していると、ナンシーは蝶結びのリボンを指さした。

「結んだリボンは、縁結びのお守り。祖母が若い頃、素敵な男性との出会いを夢見て買ったそうです。そしてすぐに出会ったのが、祖父というわけ」

ナンシーがにっこり笑ってウインクしたので、紫乃はどきっとした。普段はしないウインクを返すのは気恥ずかしくて、微笑みを返す。

「仲の良いご夫婦だったんですね」

「ええ、とても。小さい頃から私の憧れです。年を取ってゆっくりとしか歩けなくなっても、一緒に出かけて山や湖の四季を見にゆける夫婦」

愛おしそうなナンシーの口調から、祖父母のむつまじい空気が伝わってくるようだ。きっと、幸せな結婚だったのだろう。

「靴は多産の象徴、カエルと馬の蹄鉄は幸運のお守り、フクロウは知をもたらすと同時に魔除けにもなる……」

最後にナンシーは、分厚い本のチャームをつまみ上げた。洸介が軽く身を乗り出す。

「それも、さっきの貝みたいに開くんですか？　小口の部分に留め金があるようですが」

本の背表紙の反対側を、小口と呼ぶらしい。確かに、つまようじの頭ほどの留め金がある。「グッドイブニング、マイフレンド」というかすかな声を紫乃は聞いた。

「ブックロケットといって、本来は、開くのですが……私の手では開けられません」

「どうして？　力持ちでないとだめ、ってことですか？」

「そうじゃないんですよ、紫乃さん」

首を横に振ったナンシーは、紫乃と洸介の顔をかわるがわる見た。

「今から不思議な……現代の人間には信じがたい話をしますが、お二人とも、よろしいですか？」

「どうぞ、何なりと」

洸介は、帳場から少し離れた円卓にナンシーを導いた。木皿に載ったままのチャームブレスレットを中心に、三人が椅子に腰掛ける。

「このブックロケットを開くと、フェアリー……妖精の世界への通路につながるのだそうです。ただし、開けられるのは妖精と交流できる素質を持った人間だけ。私の祖母のような」

「妖精……ティンカー・ベルみたいな？」

紫乃の脳裏に浮かんだのは、『ピーター・パン』に出てくる透き通った羽の妖精であった。

「祖母には見えたけれど、私には姿が見えないのです。妖精たちは一度だけ、私の七歳の誕生日に歌声だけ聞かせてくれました。特別だ、イッツアスペシャルデイ、と子どものような声が聞こえました」

ナンシーはウェストバッグからメモ帳と鉛筆を取り出すと、さらさらと絵を描いた。

とんがり帽子をかぶってワイドパンツを穿いた妖精と、長い髪に花を飾ってドレスをまとった妖精のイラストだ。

「祖母の話を総合すると、こんな格好の二人組だそうです。人差し指くらいの背丈の」

「お上手ですね」

「あっ、ナンシーさんはイラストレーターだそうです」

「なるほど。プロの方にお上手とは、失礼だったかな」

洸介は、チャームブレスレットの載った木皿を持ち上げた。

「ナンシーさん。試しにぼくが開けてみてもいいですか、ブックロケットを」

「ええ、でも……本当に開くかどうか」

「ぼくなら開けられるかもしれませんし、妖精が出てきたらあなたにも見られるかもしれません」

「えっ？　どういうことですか？」

──影近さん、わたしたちや弁財天さまのこと、話すつもりなんだ。

洸介の意図を察して、紫乃は胸が高鳴る。

二人だけの秘密を客に開示するような気恥ずかしさのせいだ。

「信じがたいかもしれませんが、この店には名前の通り琵琶湖に祀られている弁財天が出入りしています。そしてぼくは弁財天の孫です」

「ベンザイテンがいるから、ベンテンドウなのですか？　なぜ」

疑うというよりも好奇心をあらわにして、ナンシーは洸介に尋ねた。妖精の歌声を聞いたのならば、女神の存在もさほど奇妙には感じられないのだろう。

「独身だった祖父が、弁財天にあやかって弁天堂を開いたら、様子を見に来た本物の弁財天と結ばれてしまったんですよ。その息子や孫が育ったこの店は、普通の場所とは違う、一種の神域なんです」

ナンシーがまばたきをしながら、紫乃を見た。

「あなたは知っていましたか？　紫乃さん」

「はい。黙っていてごめんなさい……それに」

話してもいいのか迷い、洸介を見る。洸介は（自分が話す）とでも言うように、うなずいてみせた。

「ぼくも紫乃も、ふることぎきという力を持っています。紫乃は古物が聞いてきた音を聞き、ぼくは古物が見たもの、聞いたもの両方を知覚できる。ぼくが紫乃に触れれば、その間だけ見る力を分け与えることもできます」

「不思議なことが、多いですね。『不思議の国のアリス』の世界のよう……もう何か見聞きできましたか？」

「わたしは聞いただけですけれど、木々のざわめきや英語の会話や、『グッドイブニング、マイフレンド』という女性の声を聞きました」

紫乃の答えに、ナンシーのまぶたが上下に大きく広がった。洸介が「ぼくも聞いた」と相づちを打つ。

「ぼくが見たのは、眼鏡をかけた青い目の老婦人でした。本当に友人に呼びかけるような調子で『グッドイブニング、マイフレンド』と言っていました。小さな洋食器に紅茶やケーキの欠片を用意して」

ナンシーは視線を落とし、豊かな胸元に手を当てた。苦しそうでもあり、嬉しそうでもあった。

「ええ、ええ。祖母から聞いた話と同じ。『妖精たちを迎える時には、お茶の用意をして、友だちのように呼びかけるのよ』って。七歳の誕生日パーティの後、おばあちゃんはお茶を淹れ直してそのブックロケットを開けたんです。『グッドイブニング、マイフレンド』と言いながら……」

ゆっくりと顔を上げたナンシーは、木皿からチャームブレスレットを取って洸介に差しだした。

「どうか、開けてみてください。祖母の友だちに、七歳の誕生日に『ハッピーバースデイ』を歌ってくれた妖精たちに私は会いたい」

「紫乃、お茶と茶菓子の用意を頼む」

「あ、はいっ」

「事務室の冷蔵庫に、冷たい京番茶がある。それと和三盆の小さい落雁《らくがん》も」

「はいっ」

廊下に上がって、五枚の豆皿に指先ほどの落雁を載せ、五客のガラス碗に冷蔵庫のポットの中身を注いだ。薄茶の、ほうじ茶らしき色のお茶だ。盆に載せて運んでゆくと、洸介とナンシーが笑顔で迎えた。

「用意ができたな」

「京都風のおもてなしですね」

並べられた落雁と京番茶で、円卓の上は急に賑やかになる。洸介が「では」とブックロケットに指先で触れた。

「グッドイブニング、マイフレンド」

言い終えると同時に、洸介はブックロケットを開く。柏手《かしわで》の残響のような空気のうなりを、紫乃は聞いた。

開かれたブックロケットの内部は暗闇だ。ひとすじの細い風が吹いてくる。

「……誰も出てこないな」

洸介がブックロケットを傾けた刹那、白い影と緑色の影が飛び出して、円卓の端に着地した。

「Hi, Nancy! Butter, butter, where is butter?」

緑のとんがり帽子と服を身に着けた、小さな男の子が言った。背中には青く透き通った羽がある。

「Hi, Nancy! Smell, smell, funny smell tea!」

金色の髪に花を飾った、白いドレスの小さな女の子が言った。背中には桃色の透き通った羽がある。どちらも、ナンシーが祖母の話を元に描いたイラストそっくりだった。

二人の妖精が羽をぱたぱたさせながら、ナンシーに向かって早口で何かを言い立てる。英語のようであった。

「バターの香りがしない、お茶からたき火のようなおかしな匂いがする……と言ってます」

ナンシーが困惑気味に早口の英語を通訳すると、洸介が得心したように妖精たちに顔を近づけた。

「京番茶はたき火の匂いとか、たばこの匂いとか言われますね。お気に召さなかったかな」

洸介が何かを言いかけた時、二人の妖精は風に乗る木の葉のように舞い上がった。捕まえようとしてやめたのか、洸介が手を宙にさまよわせる。

「Ramble, ramble, watery way!」

二人の妖精は、窓をすり抜けて薄暗い戸外へと消えてしまった。

洸介が頭をかきながら窓の外を見る。

「お散歩、お散歩、水の道……か。疏水に興味を持ったのかな」

「そんなこと言ってる場合じゃないですよっ。ナンシーさんと対面するはずが、どこかへ飛んでいっちゃったじゃないですか」

紫乃がおろおろしながら言うと、洸介は「ん？」と首をかしげた。ナンシーは「紫乃さん、私は大丈夫ですから」と申し訳なさそうに言う。

「大丈夫だ。こういう時はお祖母さまに頼んでいい約束だ」

「約束？」

壁に掛かった大きな鏡に近づいていく洸介に、ナンシーが尋ねる。

「そう、弁財天との約束です」

鏡に洸介の姿が映る。面長の顔、くっきりとした鼻筋、薄い唇。グレーのベストと黒いスラックス。その姿がだんだんとよく似た女性の顔になり、洋服はいつしか手毬の模様を染め出した赤い着物になった。

「いらしたんですか、お祖母さま。もう少し時間がかかるかと……」

洸介が鏡の向こうに話しかける。鏡の中の美女が笑顔でうなずいた。

「疏水のほとりで見て、聞いていたわよ。異国のお客に、京番茶はきついのではなくって？」

ナンシーが驚愕に満ちた顔で紫乃を振り返る。口がぱくぱく動くのを見ただけで、何を問いたいのか分かった。

「あの人が弁財天さまです。琵琶湖と、哲学の道に流れる水はつながってるから……今のできごともだいたい分かっているみたい」

ひそひそ声での説明に、ナンシーは無言で何度もうなずいた。鏡に映る美女から目を離さないまま。

「この土地の物が良いかと思って、京番茶を出したんですけど……駄目だったんですね」

洸介が淡々と言い、鏡の中の弁財天は呆れたように瞑目する。

「英国と違う物を出しすぎね。お菓子はどら焼き、お茶は日本産の紅茶にしたらいいのに」

「急には用意できませんよ」

「ま、いいわ。わたくしが呼び戻してあげる。手をお出し」

鏡の中の弁財天が白い手を差し伸べる。指の長い洸介の手が、すっとその手を包んで引き寄せた。赤い袖がふわりと揺れ、洸介のベストの腰に触れる。鼻緒の赤い草履が、木の床をトンと踏んだ。

「ガデス……？　ガデス、イズヒア」

女神が、ここにいる。独り言を漏らすナンシーの動揺が、紫乃にもよく分かる。あの鏡で洸介とやりとりできるのは知っていたものの、出てくるとさすがに驚く。

「持ってきたんですか、琵琶」

弁財天は一方の手に、琵琶を抱えていた。よく見れば、帯には撥が挟まれている。

「妖精は音楽が好きだから。椅子をお貸し」

洸介に勧められたソファに弁財天はゆっくりと座し、ナンシーに笑みかけた。

「ようこそ。魔女のお孫さん」

「魔女……本当に？」

ナンシーはチャームブレスレットを手に取った。リスや靴がチェーンと触れ合ってチャリチャリと鳴る。

「私の祖母は、自分をウィッチだと言っていました。妖精が自分の所に現れて、間違った決断をしそうな時は教えてくれた、と。息子である父はジョークだと言っていましたけれど」

「今も昔も、本当にそういう存在とつながりのある人は大きな声で言えなかったのよ。異国のお嬢さん」

弁財天が赤い着物の裾を大きくからげて、白い足もあらわに胡座《あぐら》を組んだ。琵琶を水平に構え、撥を持った右手を下ろしてゆく。

びょう、と室内の空気を底から攪拌《かくはん》するような音が立った。弁財天が琵琶を弾きはじめたのだ。

重厚でいて喜びに弾むような弦の音に、いつの間にか紫乃の体は揺れていた。隣に立っているナンシーも、かすかに身を揺らしていた。

深い呼吸がひとりでに始まって、胸の底が熱くなる。椅子に腰掛けた洸介は、琵琶をかき鳴らす弁財天ではなく窓の外を見ている。美酒に酔ったように上気した洸介の頬に、紫乃はさらなる昂揚を覚えた。

——何だろう、この感じ。

熱いと思っていた胸の底が、きゅっと痛くなる。目の前にいる青年に焦がれているかのように。

――嘘でしょう。音楽のせい。きっと音楽のせい。

弁財天の奏でる四弦の琵琶から、空気を異化するような何かがあふれてくる。痛む胸元を思わず紫乃が見下ろした時、子どものはしゃぐ声が聞こえてきた。

「The gloria! Gloria of deep water!」

琵琶の音に合わせて歌いながら、とんがり帽子の妖精が窓辺から飛んでくる。

「The gloria! Deep water sing a song!」

金色の髪の妖精が、同じように歌いながらとんがり帽子の妖精の手を取る。

二人の妖精は手をつなぎ、緑と白のコマのようにクルクルと回りながら弁財天の座るソファの背もたれに舞い降りた。

びぃん、と琵琶の弦が鳴り、波紋のような余韻を広げる。立ち上がった洸介が琵琶と撥をうやうやしく受け取り、弁財天は着物の裾を整えながら足を揃えて座り直した。

「水は歌うよ。知っているね」

唐突とも思える弁財天の呼びかけに、二人の妖精は「Yes, I know!」と声を揃え、ソファの肘掛けに降りた。

「Nancy?」

　とんがり帽子の妖精が、ナンシーを見上げて呼びかける。ブレスレットを持った両手を胸に当てて、ナンシーが「Yes, I am.」と答える。

「How tall you are! How old are you now, Nancy?」

　金色の髪の妖精が、驚きを秘めた声で尋ねる。なんて背が高いの、あなた歳はいくつ、と。

「Twenty-six years old.」

　と言ったきり、ナンシーは声を詰まらせた。泣くのをこらえている声で、妖精たちに何かを語りかけている。

　——何て言っているんだろう。さんぐ、とか、ぐらんま、って聞こえるみたい。うまく聞き取れずにいると、洸介がそばへ寄ってきて背をかがめたので紫乃は思わず肩をすくめた。

「〝あなたたちは、七歳の誕生日に『ハッピーバースデイ』をお祖母ちゃんと一緒に歌ってくれたでしょう、声で分かる〟……と言っているんだ。早口でなければぼくにも英語は聞き取れる」

洸介の方を振り向いたら口同士が近づいてしまいそうで、紫乃は前を向いたままうなずいた。洸介が離れた時、やっと肩の力が抜ける。

「Your birthday is the first day of July, Nancy.」

誕生日は、七月の最初の日。二人の妖精はそう言うと、歌いだした。誕生日の歌だ。誕生日おめでとう、愛するナンシー、誕生日おめでとう、あなたに。

二人の斉唱が終わった時、椅子に座っていた洸介が琵琶をびょう、びょうと鳴らした。まるで拍手のように。

「異国の散策は、もうおやめなさいな。へたをすると迷ってしまうから」

弁財天は明らかに日本語で話しかけたが、二人の妖精は可愛らしい声でイエスと即答した。

「Thank you.」

ナンシーがブックロケットを開いて、妖精たちのいる方へ差しだした。

「See you.」

二人は揃って別れの挨拶をしたかと思うと、手を取り合ってふわりと飛び立ち、突然加速した。緑と白の矢のような物がブックロケットに突進し、蝶つがいが閉まってカチリと大きな音が響く。

ナンシーはブレスレットを両手で包みこむと、目を閉じて額にそっと当てた。まるで祈りを捧げるように。

目を開けた時、青い瞳から涙がこぼれた。

「感謝します。私のおばあちゃんの友だちに……いいえ、おばあちゃんと私の友だちに会わせてくれて」

「わたくしも、遠い地のお仲間に会えて良かった」

「仲間なんですか、あちらはずいぶん可愛らしかったですけど」

洸介が悪意のない口調で言い、弁財天に軽く睨まれる。

「サイズが可愛いって話です。サイズ」

「もう大人なのだから、誤解されるような言い方はおよし。さ、帰らせてもらうわ」

「はいはい」

弁財天がすいすいと壁の鏡へ歩いていく。

洸介が琵琶と撥を丁寧な手つきで渡すと、弁財天は「では、またいつかね」とナンシーと紫乃に笑いかけ、とぷりと水に沈むような音を立てて鏡の中へ帰っていく。

鏡の中で赤い袖が揺れた、と思った時には、映っているのはもう骨董の並ぶ弁天堂の店内だけであった。

「……京番茶を淹れ直しましょうか。今度は温かいのを」

洸介がナンシーに問いかけた。

煮出した温かい京番茶を一口飲んでナンシーは「たき火の香りです！」と声を上げ、紫乃はまさにその通りの香りにびっくりして言葉を失った。洸介がその様子を見て「初めてだったか、京番茶」と噴きだし、ナンシーも紫乃も笑ってしまう。確かに飲めるしおいしいのに、たき火としか言いようのない香りがするのだ。しかも、飲み下してから強烈に香る。

三人の間にひとしきり沸き起こった笑いが収まった後、ナンシーは立ち上がって小さな土産物が並ぶ棚へと近づいた。

「あなたのお祖母さまの楽器にそっくり。この琵琶をいただけますか？」

それは、手のひらに載る大きさの琵琶のレプリカだった。弦の代わりに白い糸が四本張られ、木製の台座に固定されている。

「ありがとうございます。昭和末期の滋賀県の土産物ですね」

洸介は両手で注意深くレプリカをひっくり返した。台座の裏側に「竹生島」とそっけなく筆で書かれている。

「土産物がずっと素朴だった頃の品ですね。丁寧に作られてますよ」

「明日、私は京都を出ます。京都とベンテンサマの思い出に」

円卓に置かれたチャームブレスレットに、ナンシーは優しい視線を注いでいた。

＊

ナンシーが訪れてから一週間ほど経ったある夕方、弁天堂に出勤した紫乃は洸介の様子がいつもと違うのに気づいた。

帳場の椅子に座ってタブレット端末を両手に持ち、微動だにしない。

「洸介さん？　こんにちは」

紫乃が玄関口から声をかけると、「ん」と言いながら立ち上がった。しかもタブレット端末に視線を据えたままだ。

「どうかしたんですか？」

近づいていくと、やっと洸介はこちらを見て「うん」とだけ言った。紫乃は諦めて通学バッグを置き、いつものエプロンを着けた。

「ナンシーさんからメールが来た。ホームページを更新したから見てほしい、と」

タブレット端末を凝視していた理由が分かり、紫乃はほっとする。

「どんなホームページですか？」

「作品発表と宣伝用のサイト。トップの絵を新しくしたそうだ」

目の前に、すっとタブレット端末を出される。柔らかな色調のイラストだ。右下に『meeting with Japan』とあるのがタイトルだろう。

日本との出会い、というタイトルにふさわしく、芝生に赤い毛氈《もうせん》が敷かれ、画面の右側には赤い番傘が掲げられている。その下で日本茶を飲んでいるのは、青い目の老婦人だ。隣では金髪を三つ編みにした七歳くらいの女の子が落雁らしき物を口に運んでいる。

反対の左側には、弁財天が胡座を組んで琵琶を弾いている。細部まできっちりと描かれているのは、あのレプリカを参考にしたからだろうか。

弁財天の隣では、羽の生えた四人の小さな妖精が口を開けて歌っている。緑のとんがり帽子の妖精、金の髪に花を飾った白いドレスの妖精。短い黒髪、ベストにスラックスを身に着けた青年の妖精。長い黒髪に、高校の制服らしき物を着た少女の妖精。

「どれが誰だと思う？」

分かりきっているであろうことを、洸介が聞いてくる。

――わたしたちがいますね。

あやうくそう答えそうになった。このイラストには、他にも登場人物がいるのに。

「右からナンシーさんのお祖母さん、ナンシーさん、友だちのあの妖精二人と、たぶん洸介さんと、わたしと、弁財天さま……ですよね？」

「うん。似ていると思って、見ていた」

洸介は紫乃をまじまじと見ている。この人恥ずかしくないのかなあ、と紫乃は恥ずかしさを通り越して不思議に思えてくる。

「プロだからですよ、ナンシーさんは」

「そうか」

洸介はまたイラストに目を戻し、どこか上の空で「ガラス器を磨いてくれるかな」と指示を出した。

「洸介さん、そのイラスト、弁財天さまにも見せないと」

ガラスの器を柔らかい布で磨く合間に、紫乃は声をかけた。

「あーとーで」

歌うような口調で言い、まだ洸介は自分たちの描かれたイラストにひたりきっている。

第四話・了

第五話
閻魔大王と愉快な仲間たち

紫乃《しの》は最近、弁天堂の商品を使った記憶術を使う。視覚的なイメージや物語を利用した、紫乃だけの勉強法だ。

たとえば、遣唐使について覚える時は、まず弁天堂の玄関から入って右側、明治時代の器が置かれた棚を思い出す。使うのは、その中にある染付の徳利《とっくり》だ。唐子《からこ》と呼ばれる、チャイナ服に結髪の子どもが遊んでいる意匠が愛らしい。

覚えるための物語はこうだ。

白い徳利に青い染料で描かれた唐子が、「ぼくはえらいんだぞ。だから、唐へ貢ぎ物を持ってこい」と言いだす。遣唐使における両国の関係は、日本が唐に朝貢するという形だからだ。

徳利から右方向に水が溢れて、日本海になる。対岸にある陸地はもちろん日本列島だ。

船底の平たい遣唐使船が日本から唐子の徳利へ次々と船出する。ある船には二人の僧が乗っている。年上でおでこに「天」と書いてあり、「最も澄んだ」目をしているのが天台宗の開祖最澄《さいちょう》。年下で「真の空か海のような」青い目をしているのが真言宗の開祖空海《くうかい》。やがて日本から白紙が舞い上がり、八九四という文字が浮き出す。

西暦八九四年、遣唐使廃止。八九四（はくし）に戻す遣唐使、という語呂合わせがよく知られている。

ここで、日本海からゴジラの出現のごとく顔を出すのが洸介《こうすけ》だ。長い指を三本立てている。

《紫乃、空海の自伝的著作を言ってみなさい。ヒントだけ教えてあげよう。分からなければぼくは帰るぞ》

ヒントは「三本の指」「教える」「帰る」。答えとなる著作名は『三教指帰《さんごうしいき》』だ。

そんな珍妙なイメージを脳内に繰り広げては日本史の穴埋め問題を解いていると、自分はちょっと変な子かもしれない、と思う。こうして弁天堂の商品や洸介を利用して物語形式で記憶すると、なかなか忘れないから便利ではあるのだが。

——影近《かげちか》さん、自分がテスト勉強に利用されてるって知ったら「出演料をくれ」って言いそう。もちろん冗談で。

想像すると紫乃はおかしくなるが、恥ずかしいのでずっと内緒にするつもりだ。

——さあ、次は数学。

弁天堂の掛け軸に数式が書かれていくところを想像すると、なぜか捗《はかど》るのだ。

数学の問題集を探しているうちに、卓上にもバッグの中にも、本棚にもないのに気づいた。

――あっ、談話室に置いてきちゃったのかも。

弁天堂でのアルバイトを終えてから寮の一階で夕食を摂り、二階に上がって談話室で勉強しようと思ったのだが、ソファが気持ちよくて寝てしまいそうだったから自分の部屋に戻ってきたのだった。

――もう夜の十時。寝てる人もいるかも？

一階にあるシャワー室や洗濯機は十一時まで使って良いと定められているが、それでも極力音は出さない方がいいだろう。紫乃はそっと自室のドアを開け、忍び足で廊下を歩いた。廊下の突き当たりにある談話室のドアからは、明るい光が漏れている。

――電気がついてる。まだ誰かいるんだ。

この女子寮に住んでいるのは、紫乃以外は全員大学生か社会人だ。遅くまで根を詰めてやらなくてはならない課題もあるのだろう。ひょっとしたら、成人女子だけでひっそり飲み会をしているかもしれない。

――恋バナしてたらどうしよう。聞いたら悪いよね。

ドキドキしながら、紫乃はドアに近づいた。しかし何も聞こえてこない。ドアの隙間から覗いてみると、同じ寮に住んでいる里沙がソファで眠りこんでいる。ローテーブルを見れば思った通り、紫乃の数学の問題集が、雑誌の上に置きっ放しになっている。

紫乃はそっとドアを開き、談話室の中に入った。

――起こしたら悪いかなあ。でも……。

ぷりっとした唇を半開きにして、里沙は気持ちよさそうに眠っている。しばし迷ったが、起こすことにした。六月の終わりとはいえ、パジャマだけでソファに寝ていたら風邪を引く。寮母の静子だって、体に悪いし電気がもったいない、と言うだろう。

「里沙さん。里沙さん」

静子や他の寮生がそうするように、ファーストネームで呼ぶ。実のところ、挨拶やちょっとした世間話をする程度で、まださほど親しくはない。それはどの寮生との関係も同じだ。

――わたしだけ十代だから、引け目があるっていうか、子ども扱いされないか不安なのかなあ。

自己分析しつつ、里沙の肩を軽く揺する。

「んー……誰やねん、花の乙女の眠りを妨げるのは」

目を閉じたまま、里沙が眠そうな声を出した。日焼けした頬に、さらさらした髪がかかる。

「紫乃です。ここ、談話室ですよ」

「ほがあー」

花の乙女に似つかわしくない声を上げて、里沙が目を開く。活発さを感じさせる明るい茶色の瞳が紫乃を見た。

「紫乃ちゃん、おおきにぃー。うっかり寝てしもたぁ」

里沙がソファの上で身を起こした。まだ声が頼りない感じだ。

「大丈夫ですか？　お疲れなんじゃ……」

「うん。だいじょぶ、だいじょぶ。ちょっと最近、夢見が悪いねん」

——怖い夢？

紫乃が心配そうな顔をしたからか、里沙は「あー、あっほみたいな夢やで。暗闇に牛と馬の顔が浮かぶねん」と笑顔で一方の手をぶんぶん振った。

「こ、怖いですよ？　充分」

「あはは、やっぱり？　その牛と馬がな、『よそ者に気をつけろ』って言うんやんかー」

「怖いですね……なんで牛と馬が」

「んー、肉屋から逃げてきた、牛肉と馬肉の幽霊？」

爽やかな笑顔で里沙が言うので、紫乃はつい「ほふっ」と噴きだしてしまった。

「やった、受けたー。まあ真面目に分析すると、ちょっと悩みがあるからやな。大学の民俗学ゼミのことで」

「わたしで良かったら、聞きますけど……」

「ええの？　おおきに。最近滋賀県の奥の方にみんなで何度も調査に行ってるねんけど、そこでなあ」

「何かトラブルとか……？」

「そこまではいかへんけど、地元の人から見たら、調査って暮らしやお祭りを観察しに来るから迷惑、って面もあるねんな。まさに夢に出てきた『よそ者』。せやから、夢に見たのかもしれへん」

大学生になるとそんな難しい悩みも出てくるのか、と紫乃は驚いた。勉強だけ頑張ればいいわけではないらしい。

「でも地元の人だって、大学の人たちが真面目な目的で来てるって分かってくれてますよ。里沙さんが一人で背負いこむ必要ないです」

里沙は、ふにゃっと表情を緩めた。

「いい子やなあ、紫乃ちゃん」

「えっ、何かいいことしましたっけ」

「わあ、自覚なしやわ。紫乃ちゃんは、こんな遅くにどないしたん？」

「数学の問題集、忘れちゃったんです。これ」

紫乃がローテーブルから問題集を取り上げてみせると、里沙は「わあ、なつかしー」と目を細めた。

「紫乃ちゃん、敬語やのうてタメ口でええよ。一つ屋根の下に住んでんねんから」

「え、でも」

「年下でも関係あらへんって。静子さんには敬語でないとあかんけど」

里沙はすっくと立ち上がり、あくびをした。

「おおきに。今度こそベッドで寝るし、紫乃ちゃんもシャワー行きや」

パジャマではなく部屋着を着ているので、シャワーがまだだと分かったのだろう。

「はーい」と応えつつ、紫乃も立ち上がった。

里沙の後について談話室のドアへ向かう時、なんとなくふくらはぎが目に入った。左右のふくらはぎに一つずつ、小さなぬいぐるみをくっつけているように見えたからだ。

――こういうの、高校生がよく通学バッグに付けてるけど、里沙さん、なんでパジャマに？

訝《いぶか》りながらよく見ると、デザインが妙だ。一方は、馬の頭に人間の体。もう一方は、牛の頭に人間の体。質感も、ぬいぐるみにしては妙に生々しい。細いがたくましい両腕で、里沙のふくらはぎにしっかりとしがみついている。

――妖精、とか……？

チャームブレスレットから現れた二人の妖精を思い出したが、今度のこれは放置して大丈夫なものだろうか。里沙は、夢で馬と牛の顔を見たと言っていたが。

「ほな、おやすみ」

笑顔で振り返り、里沙が就寝の挨拶をした。紫乃も、「おやすみなさい」と応えて談話室の電気を消す。

——明日、影近さんに聞いてみよう。悪いものなら、弁財天さまがやっつけてくれるかもしれない。

ふくらはぎに怪しいものをくっつけたまま自分の部屋へ入っていく里沙を、紫乃は息を詰めて見守った。こんな時洸介や弁財天に頼るほかない自分を、はがゆいと思いながら。

*

授業後、いつものように弁天堂に着くと、洸介は円卓にノートパソコンを置いて何やら熱心にキーを叩いていた。

「こんにちは。今日はどうしたんですか？」

「おつかれさま。店の公式サイトを改訂してる。若い顧客をつかもう作戦継続中だからな」

　永青文庫の近くに住む若い茶人を弁天堂に呼び寄せた時、洸介が実に嬉しそうだったのを紫乃は思い出した。

「忙しい時にすみませんが、下宿している寮に変なものが現れたんです」

「む」

　洸介は軽く口を歪めてから、紫乃を頭のてっぺんからつま先まで観察した。

「大丈夫そうだな」

「あ、あの、心配してくださるのは嬉しいんですけど、わたしじゃなくて別の人にくっついてたんです」

　相手の鋭い視線を振り払うような仕草で、紫乃は両手を振った。洸介が「何だ」と拍子抜けした声を出す。

「同じ寮の里沙さんていう大学生にくっついてたんです。パジャマのふくらはぎのところに」

「なかなか不埒《ふらち》な輩だ。どんな姿だった？」

「頭が馬で体が人間になってるのと、頭が牛で体が人間になってるの、一人ずつです」

この場合一人二人という数え方でいいのか、と紫乃は少し迷う。洸介は得心がいったのか、「ああ」とうなずいた。

「中国の官人みたいな服を着てなかったか？　日本の着物とちょっと違うんだが」

「あっ、そうです！　日本史で遣唐使を習った時に、資料集で見ました」

日本海から現れて質問してくる洸介を思い出しそうになりながら、紫乃は答えた。

「分かった。それは牛頭《ごず》と馬頭《めず》だ」

「ごずとめず？」

「牛の頭で牛頭、馬の頭で馬頭。地獄の獄卒《ごくそつ》だ」

「……獄卒って、死んだ人を地獄でいじめる役人でしたよね……昔お祖母ちゃんから聞いたんですけど……」

「偉い。よく知ってるな」

褒められたが、喜んでいる場合ではない。「そんな恐ろしいものくっつけて、里沙さん大丈夫なんですか……？」

「大丈夫じゃないか？　獄卒が生きている人間を痛めつけたら命令違反だ」

「でも、里沙さんは夢見が悪いって悩んでるんです」

「そうか。しかし、ぼくに何とかできる問題かどうか……」

洸介は円卓の隅に置いたティーカップから紅茶を飲み、ノートパソコンのディスプレイに目を戻した。関わるべきか否か、迷っているように見える。

――ごめんなさい影近さん。影近さんのがめついところ、利用させていただきます。

極力さりげない様子を装って、紫乃は口を開く。

「里沙さんは堺市の出身で、お母さんはお茶を習っているそうです」

ディスプレイを見つめる洸介の眉が、ぴくりと動くのを紫乃は見逃さなかった。そのまままたたみかける。

「だから、フィールドワーク先で古い器や家具を見るのが面白いって言ってました。将来弁天堂のお客さんになってくれると思いませんか？」

「……紫乃」

むっとした表情で、洸介が紫乃を見据える。不機嫌な時でもモデルさんみたいだ、と紫乃はのんきなことを思う。

「君がどういうつもりかは分かってるぞ。弁天堂のメリットになると言って、ぼくにその人を助けさせるつもりだろう」

紫乃はつい「ごめんなさい」と真正直に謝った。洸介は円卓に肘をついて両手をゆるく組み合わせる。

「ぼくには正直なところを言ってほしい。紫乃はどうしたい？」

胸の奥をつかまれたような感覚に、紫乃は一瞬言葉を忘れる。その正体が何なのか分からないまま、紫乃は洸介を見つめ返す。

「里沙さんが、楽に眠れるようになってほしいです」

「分かった」

洸介が組み合わせた両手をほどき、うんと表情を緩める。今日初めて見る、満面の笑みであった。

「ぼくがいい方法を考えよう。お代は新しいお茶。紫乃の分も」

空になったティーカップを、洸介は受け皿ごと紫乃に差しだした。

＊

　里沙のフィールドワーク先が琵琶湖の北東、つまり湖北地方であること、夢で聞こえる『よそ者に気をつけろ』という言葉のことなど、紅茶を飲みながら細かい情報を聞き終えた洸介は、「よし」と力強くうなずいた。

「決めた。その女子大生に恩を売るぞ。民俗学ゼミに入っているなら、将来古物好きになりそうだ」

　紫乃はがっくりと脱力した。ティーカップから立ちのぼる芳香がひときわ強く鼻腔をくすぐる。

「結局、弁天堂がもうかる方向を目指すんじゃないですかっ」

「それはそうだが、紫乃がぼくを引っかけるのは嫌だ」

　何でもない風に言うと、洸介はまたノートパソコンのキーを叩きはじめた。

「さて、格調は保ちつつハードルは低い感じの公式サイトにしなくては。安い骨董好きでも歓迎、というのを耳触りよく言うにはどうしたらいいだろうな」

　これはどうやら、ほぼ独り言らしい。

　――影近さんって黙っていれば美形なのに、残念なくらいがめつい。

「紫乃、その女子大生を弁天堂に招待するように。湖北の仏像があるからぜひ、と」

洸介は玄関から見て左側の奥まったところへ行き、紫乃を振り返った。棚に並んでいるのは、高さ十センチから三十センチほどの小さな仏像だった。前から目にしている品ではあったが、それが湖北由来の品だと紫乃は初めて知った。

「湖北は、観音《かんのん》信仰が盛んな土地だ。大きな観音像を大切に守っている寺院がいくつもある……ここにあるのは、湖北の中でも個人の家で礼拝されていた仏像だ。如意輪《にょいりん》観音もあれば馬頭《ばとう》観音もある」

紫乃には仏像の細かい種類は分からない。それに、どの仏像も造りが粗削りだ。

「個人宅にあったものだから、名のある仏師が彫ったわけではないと思う。だが、ぽってりした体つきが湖北の寺院の観音たちによく似ている。お手本にしたのかもしれないな」

洸介の口ぶりは温かかった。古美術の値段や希少さだけを重んじていたら、こんな口調にはならないだろう。

「でも、獄卒なんて相手にして、危なくないんですか？　地獄に落とされたりしないですよね？」

「ふっふっふ」

閉じた薄い唇をむにむに動かして、洸介はほくそ笑む。心配しているのにふざけているのかと、紫乃は怒りそうになる。

「弁財天の孫と牛頭馬頭の対決か。いいなあ楽しそうだ」

「そんな人ごとみたいに」

「ぼくの心配より、里沙さんを弁天堂に呼べるかどうかに頭を使ってくれ。ぼくが寮に営業に行ったら、さすがに不自然だからな」

「はい」

返事をしつつ紫乃は、洸介が「里沙さん」と名前で呼ぶのが気になった。里沙の苗字は青山《あおやま》というのだが、それを伝えておけば良かった、と思ってしまうのだった。

*

アルバイトが終わって帰宅した後、紫乃はさっそく里沙の部屋のドアをノックした。弁天堂には珍しい湖北の仏像があって、きっと里沙のフィールドワークにとってプラスになるとアピールする作戦だ。

「里沙さん、今、大丈夫？」

「はーい」

部屋から出てきた里沙の目の下には、うっすらとクマができていた。まだ、馬と牛の夢を見ているのだろうか。

「どしたん紫乃ちゃん、部屋まで来るなんて珍しい」

「バイト先の店長さんに里沙さんのゼミのこと話したら、湖北の珍しい仏像があるからぜひ見に来てくださいって」

「えっ、そうなん？　仏像も扱ってはったんや」

弁天堂に並ぶ小ぶりで素朴な仏像たちについて話すと、里沙は「へー、そんな貴重な仏様がいはるんや」と興味がありそうなそぶりを見せた。

「せやけど、骨董店に入っても何か買うような余裕ないし、どないしよ」

「あっ、それは全然気にしなくても。うちの店長、若い人にも骨董を好きになってほしいみたいで」

これは決して嘘ではない。

「若い人にもって言うけど、確か店長さんもまだ二十代だって、紫乃ちゃんいつか言ってなかったっけ？」

「そう、今年二十四歳」

里沙は微笑しながら小首をかしげた。

「紫乃ちゃん。店長さんて、イケメン？」

「うーん、かっこいい、と思う」

「ほんまに！」

かなり食い気味に、里沙は身を乗り出してきた。そういえば、里沙はいつか夕食時に「あー、彼氏ほしいなあ」と言っていたことがある。

「どんなルックス？　がっしり系？　シュッとしてる系？」

「えっと、写真ありま……あるよ。東京に行った記念だからって、くれた画像」

タメ口にはまだ慣れない。スカートのポケットからスマートフォンを出し、画像フォルダを開く。東京に行った時、大判焼の店の前で洸介に頼まれて撮った写真だ。

「この人だけど」

大判焼を片手に笑みを浮かべている洸介を見た瞬間、里沙の両目がクワッと開いた。

「紫乃ちゃん！」

いきなり肩を組まれて、紫乃は「ひゃ」と声を上げて慌てる。

「よっしゃ、お店行くわ！　店長さんイケメンやし！」

「よ、よっしゃー」

里沙につられて拳を突き上げながら、紫乃は複雑であった。仏像の重要さをアピールするという当初の作戦よりも、洸介の写真一枚が有効だったのだから。

＊

翌日、弁天堂を訪れた里沙は、一通りの挨拶を済ませるなり屈託のない笑みで「紫乃ちゃんから聞いてたけど、店長さんほんまかっこいいですね！」と言った。

——ああ、里沙さーん！　お願いそこは黙ってて！

紫乃が無言で動揺していると、洸介は丁寧に「ありがとうございます」と微笑みを返した。紫乃からの「かっこいい」という評は完全スルーだ。今は客である里沙の前だから、よそ行きの顔をしているのだろう。

「厚かましいお願いですけれど、仏様を拝見しながら鉛筆でメモを取ってもいいですか？」

「もちろん。ご配慮ありがとうございます」

洸介が愛想良く答える。ご配慮ありがとうございますというのは、万が一手元が狂った時に万年筆や油性ペンのインクが商品に付くと大変なことになるからだ。鉛筆ならＯＫというわけではないが、まだ修復のしようがある。

「ほんまに湖北の仏様ですねえ。腕のぼってり具合とか衣の垂れ方とか、有名な湖北の観音様たちによう似てます」

「さすが、良いところに目を付けてくださいました」

「いえいえ……」

寮では洸介をイケメンと呼んではしゃいでいた里沙だが、こちらに背を向けて熱心に仏像たちを観察し、メモを取っている。

その肩にいつしか、牛頭と馬頭がしがみついていた。里沙の肩越しに仏像たちを見つめ、ぼそぼそとつぶやいている。

「まだ京におるのか」

牛頭が低い声で尋ねる。

「また湖北へゆこう。また良からぬよそ者が来る」

馬頭が高い声で訴える。やはりまだ、獄卒たちは里沙に取り憑いているのだ。

――影近さん。どうしたら……。

洸介を見ると、紫檀《したん》でできた古い中国製の鳥かごを棚から取り出して、笑顔で紫乃に手渡してきた。出入り口は開けっ放しになっている。

――えっ、持ってろってこと？

精巧な造りの鳥かごをおっかなびっくり受け取る。洸介は静かに里沙の背後に忍び寄ると、両手を伸ばしてすばやく牛頭と馬頭を捕まえた。里沙は気づかず、メモを続けている。

「何奴《なにやつ》、何奴」

牛頭が鼻の穴を広げて憤る。

「ただの人間ではないぞ。水の匂いがする」

馬頭が鼻をひくつかせる。

洸介は珍しい虫を捕まえた小学生男子のような笑顔のまま紫乃のもとへ歩いてきて、牛頭と馬頭を鳥かごにぽいぽいと放りこんだ。間髪を容れずに鳥かごの出入り口を閉め、洸介は（してやったり）という顔をする。

——えっ……。獄卒にこんなことしちゃって大丈夫なの……。

紫乃が不安で視線をさまよわせていると、洸介は楽しそうにサムズアップしてみせた。緊張感の欠片もない。

「開かぬ、開かぬぞ」

牛頭がたくましい腕で出入り口を開けようとする。

「封印がほどこされておる。様子を見るのだ牛頭よ」

馬頭が鳥かごを拳で叩きながら諭す。結構な騒動が起きているのだが、里沙はまったく聞こえない様子で小さな仏像たちをスケッチしている。

「ええい、このままではわれらの閻魔《えんま》大王《だいおう》様が危ない」

牛頭が角を振り立て、馬頭が腕組みをして「ぬう」と唸る。

紫乃と洸介は顔を見合わせた。閻魔大王様が危ない、とはどういうことか。

「はあー、すっかりお邪魔しちゃって」

里沙が振り返って申し訳なさそうな顔を見せた。手にしたノートは走り書きの文字でびっしり埋まっていて、こんな時だというのに紫乃は（大学生ってすごい）と思う。

「とんでもないです。当店としては、学生さんにも興味を持っていただこうと公式サイトを改訂しているところで」

紫乃と二人でいる時とは違う、穏健なよそ行きの態度で洸介が言う。里沙の目がきらりと光った。

「サイトだけやのうて、SNSもやった方がいいですよー」

ははは、と洸介は内気そうな笑みを漏らす。紫乃から見ればまるで別人のようだ。

「お恥ずかしいことに、ぼくは詳しくなくて」

「じゃあ、お礼にお教えしますっ。また来てもいいですかっ？」

――あっ、里沙さん、もしかして本当に影近さんを好きになってる？

次々に色々なことが起こって、紫乃は目が回りそうになる。

「教えていただくなんて申し訳ないですよ。また来てくださるのは嬉しいです」

洸介はとことん物柔らかに接している。里沙を見れば、日焼けした頬が赤くなっている。

「ありがとうございます！　紫乃ちゃんも、ありがとう」

「あっ、何のお構いもできませんで」

「他にももっと色々見たいけど、今日は用事があるから。またお邪魔します」

心底残念そうな顔で里沙が帰っていくまで、牛頭と馬頭は鳥かごの中で呻吟《しんぎん》するのをやめず、洸介は物柔らかな笑みを浮かべたままであった。


「さて。よくもうちのアルバイトの知り合いに妙な夢を見せてくれたな」

円卓に据えた鳥かごを、洸介は厳しい目で見下ろした。紫乃から見れば、わざと強面の演技をしているような気もする。

「妙な夢とは心外な」

牛頭が両腕を振り回した。

「そうだ。われらは閻魔大王様のため、わずかばかり霊感のあるあの娘に助けを求めておったのだ」

馬頭がたてがみを逆立てる。人間の顔と違って表情が分かりにくいが、相当必死になっているようだ。

「話が見えないなあ。もっと詳しく話してくれないと」

とぼけた様子で洸介が言い、試すような流し目で牛頭と馬頭を見た。紫乃は、やっといつもの影近さんが戻ってきた、と思う。

「かごから出すから、訳を話してみなさい」

にんまりと洸介は笑った。

「かごから出て訳を話さず逃げ出したら、嘘つきだからな。閻魔様に合わせる顔がないぞ？」

「むむむむ」

牛頭の額に血管が浮く。

「ぬぬぬ、おぬしはいったい何者だ」

馬頭が両耳をぱたぱたと動かした。

「竹生島の弁財天の孫だ。さっきお前は水の匂いがすると言ったが、それは琵琶湖の水だな」

——影近さんは、琵琶湖の水の匂いがするって意味？

水に匂いなどあるのだろうか、と紫乃は疑問に思ったが、混乱しそうなので考えないことにする。

「もしおぬしが弁財天様の孫ならば、弁財天様に助力《じょりょく》を請うてくれるか？」

馬頭が尋ねると、洸介は肩をすくめた。

「おいおい、馬鹿にしてくれるじゃないか。ぼくの力だけで何とかできるかもしれないぞ？」

「おう」

目を剝《む》いたのは牛頭であった。

「この男、やはりただ者ではない。話してみようぞ、馬頭」

「おぬしもそう思うか、牛頭」

二人の獄卒は顔を見合わせてうなずくと、鳥かごの中でひざまずいた。

「おぬしに訳を話そう」

牛頭が重々しく言う。

「だから、客として遇してはくれまいか」

馬頭が落ち着いた声で要請した。

「了解した」

洸介は鳥かごの出入り口に手をかけると、紫乃を振り返った。

「煎茶を淹れてくれ。二人にも使えるよう、玉露《ぎょくろ》用の小さな器で」

円卓に敷かれた昭和初期の手ぬぐいの上で、牛頭と馬頭はどかりと胡座をかいた。

彼らにとっては一抱えもある茶杯《ちゃはい》を両手で支え、ぬるめに淹れた煎茶をごくごくと飲む。

「いやはや、この頃の気苦労が晴れるわい」

牛頭が心地よさそうに茶杯を置いた。

「どういう気苦労であったか、まずはわれらの素性を語ろう」

馬頭も茶杯を置き、椅子に座る洸介と紫乃を見上げた。

「われらは、湖北の山奥の寺にて閻魔大王像の左右に侍《はべ》る牛頭と馬頭である」

湖北の山奥にある小さな寺では、古い閻魔大王の木像が祀られている。両脇には、彼らの体が——つまり、後から造られた牛頭と馬頭の木像が置かれているのだという。

「始終外気《がいき》にさらしては傷む故、閻魔大王像とわれらは年に一度、初夏の時期にだけ公開される。見に来るのはほとんど、地元の人間か信心深い者か好事家《こうずか》だがな」

*

「そこに盗人《ぬすっと》が交じっておるのだ！」

牛頭が両の拳を振り上げた。

「待て待て牛頭よ、正確に言おうではないか。正確には、閻魔大王様を盗もうと画策しておる不届き者どもだ」

「数は多いのか？　その窃盗団《せっとうだん》は」

洸介が顔色一つ変えずに聞いた。馬頭が「わしの知る限り、二人だ」と答える。

「良かった、百人も二百人もいたらさすがに困るからな」

洸介の返答に紫乃は「何をする気ですか」と口を挟みたくなったが、話の腰を折ってしまうのでひとまず堪《こら》えた。

「不届き者どもは、寺の住職を脅しておるのだ。初夏の公開直後に閻魔大王の像を渡せ、さもなくば村の人間に危害を加えると」

「ひどい話だな」

洸介が眉をひそめて言う。

牛頭が「ふん」と鼻息を噴きだした。

「そして、公開はこのほど終わったばかり」

「公開直後というのはなぜだ？」

「公開直後に閻魔大王様を持ち去れば、盗難が露見するのは来年の公開直前。約一年経つうちに、証拠がたどりにくくなるというわけだ」

馬頭が説明する間、牛頭はいらだたしげに鼻の穴を開いたり閉じたりしていた。

「なるほど。今の時点ですでに、脅迫罪だな。許しがたい」

言葉とは裏腹に、洸介は冷静な口調であった。

「一年経てば目撃証言も物証も残りにくい。慣れているな。相当悪質だ」

「え、え、ちょっと待ってください」

我慢できずに紫乃は割って入った。

「どうした紫乃」

「それじゃ、あの、里沙さんは、里沙さんのゼミの人たちは、悪質な窃盗団に狙われてる地域に調査に入ってるってことですか？」

「うむ。分かってくれたか。だからわれらは、里沙どのにくっついて京まで来た。夢で繰り返し『よそ者に気をつけろ』『悪人が閻魔大王様と村人を狙っている』と言うておるのだが、どうも『よそ者に気をつけろ』までしか認識してくれぬようだ」

馬頭が悩ましげに言い、牛頭が「里沙どのには、霊力が足りぬ」と悲しそうに言った。

「無理にわれらの声を全部届けようとすれば、里沙どのの心に大変な負担を与えてしまう。それはやってはならぬことだ」

「どうして、里沙さんに取り憑いたりしたんですか？　村の住職さんとかおまわりさんとかに言えば……」

紫乃の指摘に、牛頭も馬頭も首を横に振った。

「彼らには霊力がない。村にいる人間と入ってくる人間の中で、最も霊力のあるのが里沙どのであった。のう、牛頭」

「うむ。里沙どのを悩ませたのは申し訳ないが、われらも困っておる」

「そうだったんですね……」

紫乃は二人の獄卒に同情した。本体である木像を抜け出すことはできても、人間に対して行使できる力は大きくないようだ。

「すぐ、警察に届けないと」

「今の時点では難しいな。証拠がない」

「だめなんですか？」

「残念ながら。住職が脅された時の音声が残っていたり、住職本人が警察に届ければ別だが」

「……そう、ですよね」

その理屈は分かるが、起きていることはれっきとした犯罪なのだ。悪くすれば、人が傷つけられる恐れもある。

「われらが閻魔大王様は、心優しき方だ。誰かが傷つけられるくらいなら、甘んじて盗まれようと言うておられる」

「馬頭よう。われは悔しい。あのお方を守って差し上げられぬ」

嘆く牛頭の肩に、馬頭が無言で優しく手を置いた。

「湖北か。お祖母さまの祀られている竹生島からそう離れてはいないな」

淡々と、洸介が独り言を言った。

「閻魔大王ではなく弁財天が罰を与えるという成り行きもいいが……ぼくが罰を与えてもいいな。相手が人間なら、お祖母さまが出るまでもない」

「こ、洸介さん。暴力はいけません」

「違うよ」

洸介がにこりと笑い、紫乃の額に触れた。驚いて、紫乃は一歩だけ飛び退いた。

「紫乃。ぼくは明日弁天堂を臨時休業して湖北に行くぞ。牛頭馬頭と一緒に」

——洸介さん、何をする気⁉　危なくないの⁉

紫乃は自分の心の声に驚いた。今のは、芯から強く湧き出た声だ。洸介さんと名を呼ぶことが、空気のように当たり前になっている。

「洸介さん、本当に、大丈夫ですね？　窃盗団の前にのこのこ出ていったりしないですよね？」

「君の中でどんなイメージになってるんだぼくは」

「何がどうなるか全然予測がつかない感じです」

「おいおい、どんな感じだそれは」

再び額をつつかれて、紫乃は慌てふためいた。秘密の記憶術のイメージを、うっかり口に出すほどに。

「い、いきなり日本海から出てくるみたいな？」

「まったく分からん」

追及を諦めた様子で、洸介はうなずいた。

「ぼくはな、紫乃。牛頭と馬頭をその村に送るついでに、兵隊を置いてくるつもりだ」

「兵隊……？」

「そう。湖北で礼拝されてきた、如意輪観音や馬頭観音たちだ」

洸介が店の奥に目を向けた。ほんの十センチから三十センチほどの、粗削りで素朴な仏像たちが並んでいる。

「明日はバイトは休みだ。給料が出せなくてすまないな」

「いえ……」

触れられた額になんとなく手を当てながら、紫乃は言った。円卓に座している牛頭と馬頭が、不思議そうに洸介と紫乃を見比べている。

＊

東に湖北の山並みを望む静かな住宅街に、澄んだ細い川が流れている。この川もまた、琵琶湖に流れこむ水だ。

「弁天堂よ、われらの寺はこの川の上流だ。もう少し頑張れ」

右肩で馬頭が言う。洸介のことは、屋号の「弁天堂」で呼ぶことにしたようだ。

「背中の仏様が重いであろうが、ふんばれ若造」

左肩で牛頭が言う。背中の大きなリュックサックに仏像を収めているので、二人とも心配してくれているようだ。駅からもう三十分は歩いただろうか。バスやタクシーは残念ながらない。

「重くはないよ。ぼくは弁財天の孫だから」

川沿いのゆるやかな上り坂を進んでいくと、黒い羽と緑色の細い胴体を持つトンボが何匹か、水面の上を飛んでいた。

「ハグロトンボだ」

骨董屋ではあるが、昆虫も嫌いではない。特にハグロトンボは、羽が黒曜石の薄片のようで好もしい。

「あれは神様トンボとも言うのだぞ。もう初夏だのう」

牛頭が言った。

「少し前まで水草にしがみついていた幼虫が、もう成虫になった」

馬頭が感慨深げに言う。ハグロトンボの一匹が飛び立って、こちらに向かってくる。

(洸介)

ハグロトンボから聞こえたかすかな声に、牛頭と馬頭が「おおっ」と声を上げる。

「どうしたんですか、お祖母さま」

動じずに洸介は聞いた。琵琶湖につながるこの水辺に弁財天の千里眼が届くのは、不思議でも何でもない。

(お前一人で大丈夫かしら)

「一人じゃないですよ。牛頭も馬頭も、しょってきた仏様もいます」

(けなげな物言いね。小さい男の子だった頃と同じ。紫乃ちゃんにも聞かせてあげたい)

洸介は無言でやり過ごした。自分の孫にとってあの少女が重要な存在だと、弁財天はとっくに気づいている。洸介にとって紫乃は数少ない、自分の正体を知っても離れていかない人間だ。もっともそれは、彼女自身がふることときである点が大きいのかもしれない。

（本当に、わたくしの手助けは要らない？）

弁財天が話題を変えた。洸介は、目の前を行ったり来たりするハグロトンボに笑いかける。

「もしもの時はお願いするかもしれません」

（暴漢に襲われないように、熊に取り憑いて護衛してあげようか）

「怖い怖い。でも悪くないですね」

苦笑する洸介の両肩で、牛頭と馬頭がふごふごと鼻を鳴らす。怖がっているようだ。

（手を借りる気があるなら、わたくしの連れの声をお聞き）

「連れ？」

ハグロトンボがもう一匹、水面からこちらへ飛翔してくる。響いてきたのは、重厚な男性の声だった。

（わが眷属の牛頭馬頭が、手数をかけた）

「閻魔大王様！」

牛頭と馬頭が揃っておののいた。

「なんてことはありませんよ。まだご無事ですね？」

（おお。今は、弁財天様のお力で魂をトンボに乗せてもらっておる。この頃の湖北は、青葉が薫って良い空気だな）

「閻魔大王様、おいたわしや」

牛頭が泣きそうな声で言う。

「われらだけでお守りできず、ふがいない」

馬頭が意気消沈した声で言う。

（何を言うか。お前たちはわしより四百年も後で造られたではないか。小僧っ子どもがわしを守ろうなどと無理をするものではない）

川沿いを歩きつつ、洸介はほのぼのした気持ちになる。仲の良い主従だ。

（弁天堂の若君。強いお力を持っておられると推測するが、なにとぞ手荒なことは避けていただきたい）

「優しい方ですね」

率直に洸介は言った。

「優しい方だ、われらの閻魔大王様は」

牛頭が鼻息を荒くした。

「うむ。人々に地獄の恐ろしさと、現世での行いの大切さを教えるために造られたお方だからな」

馬頭が諭すように言った。なるほど、閻魔大王は昔から、この地域の道徳教育の一翼を担っていたらしい。

「ご心配なく。刃傷沙汰も事故も起こりませんよ」

（それなら良いけれど。帰ったら紫乃ちゃんに優しくしておあげ）

弁財天の口調に、からかいは含まれていなかった。

「何かあったんですか、紫乃に」

（心配しているみたいよ。今朝、お前が弁天堂を出た後、疏水のそばまで来たから）

「紫乃が？」

（制服姿だったから、学校へ行く前に寄ってみたのでしょうね。弁天堂までは行かずに、引き返していったけど……あれは心配している顔ね）

「なぜわざわざ」

（会って、直接伝えたかったのでしょうよ）

「……何を？」

（帰り際、幸せ地蔵尊に手を合わせていたよ。小さい声で「気をつけて」と言っていたけど、誰のことだろうねえ）

弁財天の声は、からかう調子に戻っている。

（いじらしいね。初めてわたくしに会ったあの場所に、お願いに来て）

「一声かけてやってくださいよ、千里眼で感じ取っていたなら」

（ふふ。優しくするのは洸介の役目）

「知りませんよ。それより、作戦を聞いてほしいですね」

洸介はリュックサックを背負い直し、一同に今後の計画を話しはじめた。

＊

洸介が京都に戻ってきた日の夕方、紫乃が弁天堂のドアを開けると、洸介はいつもと変わらぬ様子で帳場に座っていた。

「こ、こんにちは……こう、すけさん」

挨拶した途端に涙があふれてきた。洸介が「どうしたどうした」と目を見張る。

こちらの気も知らないで、と紫乃は悲しくなる。昨日、学校へ行く前に弁天堂へ行きそうになり、思いとどまって幸せ地蔵尊に洸介の無事を祈ったことなど、絶対に言うまいと思う。

「どうしたって……洸介さん、窃盗団ですよ？　心配しますよっ」

声が涙のせいで震える。同時に、洸介の表情が怒るでもなく戸惑うでもなく冷静であることに安堵する。この人の前でなら、泣いてもいい。

「無事に帰ってきたのになぜ怒るんだ。ほら」

洸介が手渡してくれたのは、ハンカチではなくいつもの仕事用のエプロンであった。

（さあいつものようにやっていこう）と言われているようで、紫乃はやっと泣きやむことができた。

「うちの観音様たちは、よく働いてくれたよ。明日もう一度湖北の山奥へ迎えに行かないとな」

湖北の仏像たちが並んでいた棚は、そこだけ空っぽになっている。兵隊を置いてくる、と洸介は言っていたはずだ。

「洸介さん、仏様、置いてきたんですか？　山の中に」

「ああ。せっかくきれいに保存されてきた木像観音を山に置いてくるなんて、古美術商にあるまじき行いだが」

そこでいったん、洸介は大きく息をついて紫乃を見た。

「人が危ない目に遭っていては、しょうがない。人の安全の方が優先だ」

「そうですよ」

何が起きているのか分からなかったが、力強く紫乃は応えた。洸介が人間よりも古美術を優先するのなら、とても悲しいとも思う。

「うん」

嬉しそうに言うと洸介はノートパソコンの置かれた円卓へ歩いていき、紫乃を手招きした。招き猫のようで、少し可笑しい。

「やったぞ。怪我人はいないし窃盗団も捕まった」

「え、え?」

一体何があったのかと、ノートパソコンの画面を覗きこむ。

そこには、山奥に建っているとおぼしき小さな寺の写真があった。横には太字で見出しがある。

『室町時代の閻魔大王像を盗んだ二人組　滋賀県警が職質、逮捕』

「えっ？　滋賀県警？」

振り返ると、洸介は憎たらしいくらいの笑顔であった。

「でも洸介さん、警察が動くのは難しいって。閻魔大王像が盗まれちゃった後に、捕まったって書いてあるし……何事ですか？」

「記事を読んでくれ。ぼくと観音たちの手柄だから」

言われるままに、紫乃は記事を読んだ。

住職を脅して閻魔大王像を奪った二人組は、山中の獣道を通って県外に出ようとした。しかし十人以上の登山客がやってくるのを見て、怪しまれまいと別ルートを取った。そこは地元民が普段利用する道であり、地元の警察署員がよくパトロールをしている道でもあった。見ない顔であり挙動も不審、異様にかさばる大きな荷物を持っていたため職務質問したところ、二人組は荷物を捨てて逃げようとした。そこを取り押さえられ、荷物の中身は閻魔大王像だと判明した。

滋賀県警では、二人組には余罪があると見て追及しているところだという。

しかし奇妙なことに、多人数の登山届けは出されておらず、周辺の集落に住む人々も、そんな登山客など見ていないらしい。

記事を読み終えて、紫乃はもう一度振り返った。洸介は、かけっこで一番になった子どものような得意顔をしている。

「……洸介さん」

「うん。今日はやけに何度も呼んでくれるなあ」

「知りません」

恥ずかしくなって、紫乃は拗ねた顔になる。

「犯人たちが見た大勢の登山客って、まさか、あの仏様たちが化けた姿、とか……？」

「その通りだ。観音様に文字通りの汚れ仕事をさせてしまって申し訳なかった」

粛々と洸介は手を合わせた。北東、つまり湖北の方角に向かって。

「洸介さんは、何者なんですか？」

「弁天堂の店主で、竹生島弁財天の孫だ」

胸を張った洸介は、「しかし」と言葉を切った。

「ぼくにも分からないことがある。紫乃、ぼくが日本海から出てくるとはいったい、どういう意味だ？　なんで太平洋でもなく瀬戸内海でもなく、日本海なんだ？」

「え、いえ、なんとなくです」

記憶術に利用しているなどと、とても言えることではない。

「あやしい」

「あ、あやしくありません」

あやしい、あやしくないと静かに押し問答をしていると、ドアが勢い良く開いた。

「こんにちはー！　紫乃ちゃん、ニュース見た？　びっくりしちゃった」

普段よりもポイントメイクに気合いを入れた、里沙であった。

「店長さん、また骨董を拝見しに来ました！」

「ええ、どうぞ」

びっくりしたと言いつつ、里沙の表情はいきいきしている。たぶん、恋する乙女のそれだ。店内の骨董を見ていながらも、紫乃の横にいる洸介の動きを探っているのが分かる。

――里沙さん。その人はとってもがめつくて、あやしくて、でも、悪い奴は許さない人なんですよ。イケメンなだけじゃ、ないんだから。

紫乃は得意げに、しかしほんの少し気がかりな思いで、洸介と顔を見合わせた。

洸介は、眉を下げて苦笑いをしている。

まるで、二人きりの空間が破られて残念がっているかのように。

「こう……」

紫乃は思わず、二人でいる時の名前を呼びそうになる。

見つめ返す洸介の顔にほんのり甘い笑みが浮かび、立てた人差し指が薄い唇に当てられた。

「内緒だ」

ささやき声が耳に届いて、紫乃は、そっと自分の唇に指先を当てた。

第五話・了

【主な参考文献】

竹生島奉賛会企画・編集（二〇一七）『竹生島　琵琶湖に浮かぶ神の島』竹生島奉賛会（発行）、サンライズ出版（発売）
暮らす旅舎編（二〇一六）『京都はお茶でできている　The Book of Tea in Kyoto』青幻舎
沢田眉香子、山口紀子編著（二〇一二）『京都こっとうさんぽ』光村推古書院
宇野日出生（二〇一六）『京都　左京　あゆみとくらし』京都市左京区役所　地域力推進室

この作品は書き下ろしです。原稿枚数190枚（400字詰め）。

アンティーク弁天《べんてん》堂《どう》の内《ない》緒話《しょばなし》

仲町《なかまち》六《ろく》絵《え》

平成30年1月15日　初版発行

発行人——石原正康
編集人——袖山満一子
発行所——株式会社幻冬舎
〒151-0051東京都渋谷区千駄ヶ谷4-9-7
電話　03(5411)6222(営業)
　　　03(5411)6211(編集)
振替00120-8-767643

印刷・製本—株式会社　光邦
装丁者——高橋雅之

幻冬舎文庫

ISBN978-4-344-42691-7　C0193　　な-43-1

幻冬舎ホームページアドレス　http://www.gentosha.co.jp/
この本に関するご意見・ご感想をメールでお寄せいただく場合は、
comment@gentosha.co.jpまで。